Gil C.
Alicea
und
Carmine
DeSena

the air down here

Gil C. Alicea
ist heute 17 Jahre alt und Amerikaner
puertoricanischer Abstammung.
Er ist in der South Bronx, New York, aufgewachsen
und geht in die neunte Klasse.
Dies ist sein erstes Buch.

Carmine DeSena
hat gleich drei unterschiedliche Berufe:
Er ist Schriftsteller, Sozialarbeiter und Schauspieler.
Er hat bereits ein Buch für Erwachsene veröffentlicht
und lebt mit seiner Familie in New York City.

Gil C. Alicea und
Carmine DeSena

the air down here

Eine wahre Geschichte
aus der South Bronx

Mit Fotos
von Gil C. Alicea

Aus dem Amerikanischen
von Nina Schindler

Arena

Der Titel der Originalausgabe lautet:
»the air down here – True Tales from a South Bronx Boyhood«

Originalverlag: Chronicle Books, San Francisco

1. Auflage 1996

Aus dem Amerikanischen von Nina Schindler
Einbandfoto: Debra DiPeso
Einbandgestaltung: Init, Bielefeld
Gesamtherstellung: Westermann Druck Zwickau GmbH
ISBN 3-401-04700-0

Dieses Buch ist meinem
Vater gewidmet und der
Erinnerung an meine
Mutter Maria, meine
Schwester Alexis und
meine Großmutter
Isabelle.
Ich weiß, daß ihr auf
mich aufpaßt,
und ich liebe euch
von ganzem Herzen.
Gil

. . .

Ich widme dieses Buch der
Erinnerung an Bill, der
mir gezeigt hat, daß das
Leben wie ein leeres
Zimmer ist:
voller Möglichkeiten,
es zu gestalten.
Carmine

Inhalt

Danksagung

Gil und Carmine möchten gern Barbara J. Zitwer, Thom Leidner und Karen Silver ihren ganz besonderen Dank für ihre Unterstützung und Hilfe aussprechen.

Gil bedankt sich bei seiner Familie: Tante Carmen, Tante Luz, Papo, Rosa, Onkel Ruben, Tante Elizabeth, Richie, Onkel Danny, Tante Betty, Onkel Artie, John, Juan, Dakota, Danielle, Cindy, Lisa, Andy, José, Steve, Willy und allen Freunden.

Ein herzliches Dankeschön an Denis Hamill.

Gil möchte sich auch bei all denjenigen bedanken, die ihm dabei halfen, seinen Traum zu verwirklichen: bei One Potata Productions - Diane Mancher und Melinda Mullin; Annie und Dave Hausmann; Michael Regan; John Petterson jun.; bei der South Bronx Overall Economic Development Corp. und dem Licitra Scholarship Fund.

Ein
leitung

von Carmine DeSena

Bei meinem ersten Zusammentreffen mit dem 15jährigen Gil war mir, als würden wir uns schon lange kennen, doch später wurde mir klar, daß er für mich ein Rätsel bleiben würde.

Er fragte mir Löcher in den Bauch, warum und wie ich mit ihm zusammenarbeiten wollte. Aber seine Fragen hatten nicht nur etwas mit unserer Arbeit zu tun. Er war einfach neugierig. Er wollte neue Erfahrungen machen, und so gesehen, war ich für ihn eine Erfahrung.

Ich hatte mir zuerst den Kopf zerbrochen, wie ich wohl mit einem hispano-mexikanischen Teenager aus einer Sozialwohnung in der South Bronx klarkommen würde, der Erfahrungen gemacht hatte, die mir völlig fremd waren. Doch hatten wir seltsamerweise keine Berührungsängste. Schon bald nach unserem ersten Treffen war ich weniger von den Unterschieden als vielmehr von den Ähnlichkeiten zwischen uns beeindruckt. Auch ich war in Verhältnissen aufgewachsen, wo das Geld knapp war, und wie GIl hatte ich im Teenageralter meine Mutter während einer schrecklichen Krankheit gepflegt.

Als wir zwei zum ersten Mal durch die Straßen von Manhattan schlenderten, sah ich Gil die Dinge mit seinen Augen greifen, in sich aufnehmen, verdauen. Er wollte alles kennenlernen – nicht, um es zu besitzen, sondern um es zu nutzen.

So fing es mit Gil und mir an. Während wir umherspazierten, fühlten wir uns durch unseren Sinn für Humor und Spaß am Herumflachsen miteinander verbunden. Ich war von seiner Beobachtungsgabe und seinem Optimismus beeindruckt. Obwohl Gil in mancher Hinsicht schon eher ein junger Mann als ein Kind war, erinnerte mich sein fortwährender Appetit auf Pizzas und dicke Hamburger daran, daß er erst fünfzehn war. Und das machte es mir irgendwie leichter.

Gil kann sich mündlich hervorragend ausdrücken. Wenn er schreiben muß, ist er viel gehemmter. Um also seine Begabung als mündlicher Geschichtenerzähler zu unterstützen, wurde dieses Buch mit Hilfe von Tonbandinterviews verfaßt. Die schrieb ich wörtlich ab, um den O-Ton zu erhalten. Gil bearbeitete die Texte dann gemeinsam mit mir, bis er fand, daß sie seine Erfahrungen exakt wiedergaben. Der Gesprächsstoff ging uns nie aus, und wir kamen gut miteinander zurecht. Als Gils häusliche Situation durch das langsame Sterben seiner Mutter immer schwieriger wurde, bewältigte er diese Probleme mit großem Durchhaltevermögen. Er schaffte es trotz dieser Bedingungen, das Leiden seiner Mutter zu lindern, während er seine Wut und Angst gleichzeitig beim Basketball austobte.

Wenn wir mit unserem Tagespensum fertig waren, zogen wir für ein paar Stunden los. Wir besuchten Museen, Shows und Geschäfte. So wie er sich von meiner Begeisterung für Kunst anstecken ließ, interessierte ich mich immer mehr für seine heißgeliebten Sportarten. Er arbeitete mit ganzem Einsatz an den herzzerreißenden Passagen seines Buches. Wir bemühten uns um Objektivität in unserer Arbeit, obwohl wir uns so unglaublich nahe gekommen waren. Wir untersuchten seine Erfolge mit der gleichen Aufmerksamkeit wie seine Fehlschläge. In dieser Hinsicht enthält dieses Buch sehr viel Wahres, denke ich. Doch erst nachdem wir es beendet hatten, verstand ich das ganze Ausmaß dessen, was da geschehen war. Ich erkannte, daß Gil während unserer Arbeit an dem Buch erwachsen geworden war. Er hatte viele innere Kämpfe ausgetragen, hatte seine Überzeugungen, Ziele und Bedürfnisse in Frage gestellt, auch die Umgebung, in der er lebte, und die amerikanische Gesellschaft im allgemeinen. Und, was noch wichtiger war, er fing an, nach seinem Platz Ausschau zu halten: wer er einmal sein würde, was er tun würde und wie seine Zukunft aussähe. Diese Suche verlangte von ihm, daß er sich über seine Familie, Nachbarschaft und Freunde hinausentwickelte.

Als die Arbeit am Buch voranschritt, bekam ich den Widerspruch zwischen dem, was er tat, und seinen sich neu entwickelnden Vorstellungen mit. Ich sah, wie er immer wieder zurück auf den Teppich kommen mußte, um für sein zukünftiges Leben die bessere Wahl zu treffen. Und wie bei jedem Reifungsprozeß gab es in dieser Zeit massenhaft Widersprüche zwischen Gils Verhalten und seinen Vorstellungen. Er konnte einige Dinge in seinem Leben einfach nicht akzeptieren, besonders sein früheres Verhalten und so manches, was er mal angestellt hatte. Das warf ihn während dieser Übergangszeit manchmal wieder zurück, und er verhielt sich in bestimmten Bereichen wieder so wie früher. Das war für ihn schmerzhaft und enttäuschend zugleich. Doch es stärkte auch seine neugewonnenen Überzeugungen und bewies ihm, daß es letzten Endes die besseren waren.

Ihr müßt wissen, daß ihr über ein Jahr vieler innerer Kämpfe lest, die Gil irgendwann einmal entweder in ein Leben voller Möglichkeiten und Zuversicht führen werden oder in eins der Verzweiflung. Kann er denn stark bleiben, wenn ein Teil von ihm und seine Umwelt wollen, daß er die Schule schwänzt, Drogen nimmt und sich einer Gang anschließt? Für Gil spricht die Tatsache, daß er außergewöhnlich intelligent und erfinderisch ist. Er besitzt die Voraussetzungen dafür, seine Ziele zu erreichen, aber es besteht dennoch die Gefahr, daß er es nicht schafft. Dieser Gedanke macht mich traurig.

Unser Land interessiert sich sehr für die übrige Welt – für die Kriege anderer Länder, hungernde Völker und Naturkatastrophen – und übersieht dabei oft, daß wir die gleichen Probleme bei uns zu Hause haben. Es gibt einen Krieg gegen die Kinder der USA. Die Waffen heißen: Armut, mangelhafte Ausbildung und Wohnungssituation, schlechte Ernährung und Hoffnungslosigkeit. Das Ergebnis davon sind Wut, Kriminalität und Drogen, und sie führen in einen ewigen Teufelskreis.

Kinder brauchen Bereicherungen durch neue Ideen. Sie müssen die Möglichkeiten um sich herum erkennen können. Nur dann können sie Veränderungen für ein besseres Leben herbeiführen. Das habe ich durch Gil begriffen. Er bemüht sich um die Erweiterung seines Horizonts, damit er zu dem Erwachsenen wird, der er einmal sein möchte. Es wäre nicht allzu überraschend, wenn er es schaffen würde. Aber was ist mit den vielen Jungen und Mädchen, die es nicht schaffen? Wieviel an Intelligenz und Einfallsreichtum liegen in diesem Land brach? Und was ist mit all den Kindern, deren Benachteiligungen noch über ihre direkte Umgebung hinausgehen?

Wir müssen uns die Jugendlichen in den Großstädten anschauen und erkennen, daß sie die Leidtragenden von Verhältnissen und nicht die Verursacher dieser Verhältnisse sind. Das heißt, wir müssen zuhören. Davon handelt dieses Buch, und das habe ich von Gil gelernt. Er erzählt in diesem Buch vom Schmerz und von der Schönheit rund um ihn herum, von seinen Hoffnungen und von den bevorstehenden Kämpfen. Bitte hört ihm zu.

Die Luft in meinem Stadtteil ist härter als anderswo. Sie ist dicker, man kann nur schwer atmen und kaum hindurchsehen. Ich sehe keine Sterne und auch sonst nichts. Ich fühle mich hier nicht wohl, wenn ich sehe, wie die Leute bei uns an der Ecke Drogen verkaufen, oder wenn wieder geschossen wird oder wenn die Polizei wieder ankommen muß und sich alle aufstellen müssen. Als meine Mutter mal aus einem Laden kam, wurde einer direkt vor ihrer Nase erschossen.

So geht es hier bergab

Ich möchte mal besser leben. Ich möchte es so haben wie dieser Junge in *Kevin – allein zu Haus*. Ich hab ihn mir angeschaut. Der schauspielert überhaupt nicht. Das könnte ich auch. Der hat eine Chance gekriegt. Ich wünschte, daß ich auch mal so eine Chance bekäme. Aber ich schaff das. Ich werde diese Chance kriegen.

Das würde ich gern den anderen Kids klarmachen. Ich weiß schon, der Druck von den anderen kann schlimm sein. Haltet den Kopf hoch. Ich weiß, daß ihr gegen diesen

Druck wahrscheinlich nur schwer ankämpfen könnt, weil ihr denkt: »Warum sollten wir uns anstrengen? Unsere Eltern strengen sich ja auch nicht an.«

Manche Eltern treiben sich rum, nehmen Drogen und tun nichts für sich. Denen ist das gleich, ob die Kids hungrig sind oder die ganze Nacht draußen rumhängen. Aber ich möchte den Kids gern klarmachen, daß man sich selbst wichtig sein muß. Nur dann kannst du was erreichen. Ganz egal, auch wenn es dir jetzt dreckig geht, später wird es dafür mal besser.

Ich möchte gern, daß die Leute von anderswo kapieren, wie schwierig es ist, wie sehr wir uns anstrengen müssen und daß wir unheimlich viel Druck und Gewalt aushalten müssen. Wenn sie das wüßten, würden sie sagen: »Wow! Diese Leute geben sich soviel Mühe, komm, wir helfen denen.« Statt dessen sagen sie: »Ich habe von deinem Stadtteil gehört, du bist bestimmt ein Junkie.« Sie geben einem einfach keine Chance, das Gegenteil zu beweisen.

Aber diese Menschen hier geben den Menschen von außerhalb auch keine Chance. Sie glauben, ihr habt es leichter: Ihr müßt nicht so hart arbeiten, ihr habt es besser. Sie meinen, wenn sie selber keine echte Chance kriegen, sollen andere auch keine kriegen. Sie geben sich keine Mühe, die anderen zu verstehen.

Die Leute denken, daß alles schon immer so war wie heute und daß man daran nichts ändern kann, aber sie müssen mal ein bißchen genauer hinsehen und hinhören. Sie sollten bereit sein dazuzulernen. Ich hab das für mich so entschieden, und seither fühle ich mich freier.

Mor
gens

Wie bei allen Menschen fängt mein Tag damit an, daß man mich aus dem Bett zerren muß, in das ich am Abend zuvor nicht reinklettern wollte. Mein Vater weckt mich. Er ulkt mit mir rum, damit ich aufstehe. Zum Beispiel tut er so, als klatscht er mir eine, oder er legt mir einen nassen Waschlappen aufs Gesicht. Wenn es ganz heiß ist, dann läßt er kaltes Wasser auf mein Gesicht tropfen. Wenn ich mich nicht rühre, dann dreht er den Fernseher lauter – zum Beispiel auf Kanal 3, der hat so ein Zischgeräusch. Wenn mein Vater mich nicht wecken würde, dann würde ich ewig weiterschlafen.

Als erstes jeden Morgen putze ich mir die Zähne – zweimal! Denn nach dem Schlafen hast du am meisten Mundgeruch. Dabei höre ich Radio. Mein Vater will immer, daß ich den Sender 1010 WINS mit den Nachrichten höre, er will, daß ich Bescheid weiß. Aber wenn ich wieder in mein Zimmer gehe, dann höre ich auf Kanal 5 »Howard Stern« oder »Good Day New York«.

Mein Vater macht mir das Frühstück, z. B. Eier. Wenn es nach mir ginge, würde ich mir ein paar Krabben drauftun, wenn ich welche hätte. Manchmal backt er Waffeln, Pfannkuchen, oder er brät Würstchen. Einfach weil er nett ist, weißt du. Aber ich weiß, daß er die ganze Nacht auf war, denn er ist der Hausmeister für nachts. Einmal sind Leute reingekommen und haben die Familie über uns ermordet, und das Blut ist an der Wand runtergeflossen. In der Wohnung haben sie Crack genommen. Man hörte immer nur PENG, PENG, PENG! Die haben mit Drogen gedealt und auch selber welche genommen. Und dann kamen diese Typen und haben sie einfach plattgemacht. Acht Familienmitglieder sind dabei umgekommen.

Dad möchte Mom und mich beschützen. Ich kann ruhig schlafen. In der Bahn auf dem Weg zur Schule bin ich meistens im ersten oder im letzten Abteil, weil ich gern so tue, als wäre ich draußen und nicht in der Bahn. Ich mache Klimmzüge, und manchmal tanze ich oder mache Quatsch, aber nur, wenn ich mit einem Witzbold zusammen bin, der wie ich Spaß hat an solcher Flachserei. Wenn ich mit jemand Ernstem zusammen bin, dann hat das Rumblödeln keinen Zweck. So ist die Bronx. Da mußt du genau aufpassen. Wenn jemand von der ernsten Sorte ist, und du machst Witze, dann kriegt er das womöglich in den falschen Hals. Unter Umständen denkt er grad an was anderes, oder er quält sich mit einem Problem herum. Wenn er ernst ist, hat das einen Grund. Ich merke immer, was mit den Leuten los ist. Ich denke erst mal nach, bevor ich was mache.

Die Lehrer an meiner Schule geben sich bei denen aus der obersten Klasse keine Mühe, weil sie denken, daß denen alles egal ist. Die in der Zehnten lassen bei schlechten Noten die Schule sowieso oft sausen. Denen sind die Lehrer egal. Wenn jemand in der Schule Schwierigkeiten hat und ein Lehrer sich um ihn kümmern will, läßt der Schüler seinen Ärger am Lehrer aus. Also benimmt sich der Lehrer, als wäre nichts gewesen, er versucht noch nicht mal zu diskutieren. Oder die Lehrer rufen einfach den Wachdienst.

Warum Leute so sind, wie sie sind

Meine erste Stunde ist Englisch, da können wir dummes Zeug machen. Dem Lehrer ist es schnuppe, ob wir zu spät kommen – er sagt ganz offen, es wär ihm schnurz. Wenn du deine Aufgabe erledigt hast, gibt er dir einen Schein, damit kannst du dann in der Schule rumwandern. (Wenn du keinen hast, und du wirst erwischt, kriegst du Schwierigkeiten.) Der Englischlehrer sagt uns immer, wie toll er ist. Er sagt so Sachen wie: »Ich bin nicht so wie die anderen Lehrer. Warum soll ich euch drankriegen wegen Zuspätkommen oder euch miese Noten geben?« Er guckt unsere Hausaufgaben nicht nach und gar nichts. Letztes Jahr wurde er mal zusammengeschlagen, danach ist er so geworden, wie er jetzt ist.

Ärger mit einem Kumpel

Du kannst dich auf keinen verlassen, nicht mal auf deinen besten Freund. Da passieren die tollsten Dinger. Ich hatte mal einen Kumpel, der kam zu uns in die Wohnung und holte seinen Gameboy ab. Er war echt mein bester Freund. Also gingen wir in mein Zimmer, um den Gameboy zu holen, und dann war er auf einmal verschwunden. Er hat mir nicht gesagt, daß er gehen wollte. Er nahm mein Geld, ungefähr sieben oder acht Dollar. Na ja, und jetzt muß ich ihn deshalb verprügeln.

Mein Vater ließ ihn aus dem Haus, ohne mich zu fragen, weil er dachte, der Typ wäre mein Freund. Sonst läßt mein Vater die Leute nicht so einfach raus. Er will nicht, daß die Leute die Tür selbst aufmachen. Bei uns in der Gegend ist es eben schwierig. Viele sind total ausgetickt, sogar solche, die du kennst. Bei uns wohnen Leute im zweiten Stock, die führen sich ziemlich verrückt auf. Sie sind nur hinter Drogen und Crack her. Es ist ihnen völlig Wurscht, ob du ihr Freund bist, die klauen, um sich ihr Zeug zu beschaffen. Deshalb paßt mein Vater auf die Tür auf. Er läßt die Leute selbst rein und raus.

Vielleicht werde ich den Typen auch nicht verprügeln, er tut mir nämlich leid. Seine Mutter hat es sehr schwer, sie muß fürchterlich schuften. Sie hat viele Kinder. Er kann nicht oft weggehen, weil er nicht viele Klamotten hat. Er mußte mir das Geld klauen, weil er nie welches hat. Er kriegt nur Geld, wenn er einkaufen geht. Dann behält er das Wechselgeld und kauft sich was dafür – vielleicht einen Schokoriegel. Deshalb tat er mir ja auch leid, und deshalb war ich mit ihm befreundet. Ich hab ihn in mein Zimmer gelassen, und dann macht er so was. Ich weiß nicht, was ich tun soll. Ich könnte ihm sagen, daß ich mich mit ihm kloppen will, obwohl ich das eigentlich nicht will, weil er doch mein Geld genommen hat und so, aber wenn ich es mir richtig überlege, dann weiß ich nicht, was ich tun soll. Wenn ich ihn das nächste Mal sehe, verprügle ich ihn vielleicht. Wenn er mich dann zusammenschlägt, muß ich eben damit fertig werden.

Wie im Gefängnis

Der Metalldetektor hilft überhaupt nicht, weil die Kids die Waffen durch die Hintertür reinschmuggeln. Kids machen die Tür von innen auf und lassen die anderen rein.

Manchmal lassen auch die Leute vom Wachdienst Kinder hinten rein, obwohl sie das nicht sollten, weil sie nicht dauernd mit allen Kids Stunk haben wollen. Die vom Wachdienst machen Witzchen mit den Schülern und schreiten nicht immer ein. Die Kids bringen Messer mit, Knarren, Rasiermesser, Schlagringe und solche Sachen.

In meine Schule gehen hauptsächlich Jungen – es gibt nicht mal eine Mädchentoilette. Es sind zu viele Jungen. Zu viele Jungen haben massenhaft Streit miteinander. Deshalb bringen sich ungefähr 60 Prozent ihre Waffen mit. Bei manchen weiß ich es nicht genau. Das sind so ruhige Typen. Die meisten haben nur was dabei, weil sie Angst haben. Damit sie irgendwas vorzeigen können. Das ist gefährlich, weil sie schnell reagieren, wenn sie denken, daß ihr Leben in Gefahr ist. Wenn sie nicht mit den Fäusten kämpfen können oder nicht wollen, dann haben sie Waffen dabei. Sie haben Angst vor den anderen, weil es keine fairen Kämpfe mehr gibt. Sie fürchten sich vor Überraschungsangriffen, oder davor, daß der andere stärker oder bewaffnet ist. Deshalb hast du was dabei, auch wenn du eigentlich keine Waffen dabeihaben willst.

Ich habe keine Angst vor der Schule, weil ich alle kenne und mit niemandem Ärger habe. Ich hatte mal Ärger mit einem, aber das wurde geklärt. Ich hatte meine Mütze auf einem Tisch liegenlassen, weißt du, und da hat sie jemand weggenommen. Dann mußt du dir überlegen, wie du reagierst. Vielleicht ist der andere gar kein Dieb, aber sie lag da, und er hat sie sich genommen.

Ich finde die Schule nicht gefährlich, weil ich alle kenne. Sie nennen mich »Papichulo«. Ich bin nicht sehr groß, und in meiner Klasse gibt es welche, die sind schon neunzehn. Die kümmern sich um mich, die Großen, weil ich sie zum Lachen bringe. Sie machen sich über mich lustig, weil ich so klein bin.

Der Tag fängt mit der dritten Stunde an

Ich fang mit der dritten Stunde an, weil die erste um 7.30 Uhr losgeht, und das ist mir zu früh. Ich muß um 6.00 Uhr aufstehen, wenn ich zur dritten Stunde da sein will. Ich fahr mit der Bahn zu meiner Schule oder muß mit dem Bus einmal umsteigen. Ich gehe nicht in die Schule hier bei uns, weil ich da zu viele Leute kenne. Bei meiner Schule ist es irgendwie neu und anders. Auf der Fahrt dahin mache ich Quatsch mit den anderen Kids. So geht die Zeit schnell rum.

Wissen, wo's langgeht

Während mein Vater das Abendbrot machte, ging ich einkaufen. Vor dem Laden warten immer welche auf Leute, die Essen einkaufen wollen, und sagen: »Kannst du mir fünf Dollar geben, und ich gebe dir Essensmarken im Wert von fünf Dollar?« Sie wollen Drogen kaufen, aber die Essensmarken vom Sozialamt sind kein Bargeld – also wollen sie sie einwechseln. Manchmal geben sie dir mehr Coupons für dein Geld, dann verdienst du noch was dran. Manche Käufer lassen sich nur drauf ein, damit ihnen die mit den Marken nichts tun. Mir ist noch nie was passiert, weil die Leute meinen Dad kennen.

Die Leute halten meinen Vater für einen knallharten Burschen, weil er sich nichts gefallen läßt. Jedenfalls die aus unserem Stadtteil tun das. Er ist ein netter Kerl, aber er läßt sich nicht über den Tisch ziehen. Viele Leute hier versuchen

das und verachten dich dann. Mit meinem Dad können sie sich das nicht erlauben, denn die ganzen Jahre über, die er hier wohnt, hat er sich noch nie was gefallen lassen. Er fühlt sich hier nicht so richtig wohl. Wenn er sie jetzt sehen ließe, daß er bei allem Mist mitmacht, dann würden diese Typen ihn hochnehmen. Deshalb macht er bei ihnen immer einen auf knallhart. Keiner kann sich was bei ihm erlauben, denn er macht Bodybuilding und tut das, was er für richtig hält. Wenn die Typen also merken, daß er hier ist und seinen Job macht, daß er nicht mit Drogen handelt oder irgendeinen Mist baut, dann raffen sie das und sagen sich: »Hey, der Typ macht keinen Scheiß, also machen wir besser auch keinen Scheiß mit ihm.«

Mein Dad will von anderen so behandelt werden, wie er sie behandelt. Da, wo ich wohne, weißt du, gibt es Leute, mit denen mußt du eine ganz klare Linie fahren, wenn nicht, machen sie irgendeinen Mist. Zum Beispiel reagiert Dad blitzschnell. Einmal, als er sich wegen meiner Mutter Sorgen machte, ging er aus dem Haus, und jemand sagte: »Na, was ist los?« Mein Vater sagte: »Ist was?« und hob die Arme, als wollte er sich prügeln, ganz ernsthaft. Da wußte der Typ, daß er in besser ihn Ruhe ließ.

Das ist der Grund, weshalb die Leute mich anglotzen, wenn ich die Straße entlanggehe, zum Beispiel, wenn ich einkaufe. Sie sagen nichts – höchstens mal, daß einer »Hi!« sagt –, weil sie wissen, daß ich nur einkaufen gehe. Ich laß mich nicht anmachen. Das hab ich von meinem Vater gelernt.

Etwas tun wollen

Ich möchte mal berufsmäßig Basketball spielen. Ich will was richtig gut können. Ich möchte einfach berühmt sein. Dann lebe ich in einem Haus mit Basketballfeld, einem richtigen Feld. Ich möchte den Leuten aus der Gegend was geben, was ich selber als Kind gern gehabt hätte, was uns aber nie jemand gegeben hat: eine Basketballhalle, einen Übungskorb und ein Schwimmbad. Ich würde ein ganzes Sportcenter bauen, damit die Leute keinen Mist mehr machen. Ich würde solche Sachen stiften, damit sie ihren Optimismus behalten. Dann würden die Kids sagen: »Warum soll ich auf der Straße rumgammeln, wenn ich schwimmen oder Basketball spielen kann?« Viele Kids würden das gut finden, aber sie kriegen so was nicht.

Wenn die Kids draußen nicht Basketball spielen können, können sie in der Halle am Korb Würfe üben. Und wenn sie dann immer besser werden, wollen sie auch ernsthaft Sport treiben, damit sie gut darin bleiben. Sie würden Freunde treffen und Sachen sagen wie: »Der Typ ist gut.

Mit dem solltest du spielen.« Dann wäre der Druck von außen nicht mehr da, sondern das Ganze würde eine Art Wettkampf – und Drogen und Diebstahl hätten keine Chance mehr.

Wenn ich berühmt wäre, würde ich gern die Leute hier in der Gegend an den Sachen teilhaben lassen, die mir geholfen haben.

Das war mir schon klar

Dad hat gesagt, daß es Mom schlechter geht. Das wußte ich aber schon von allein, nur hab ich nichts gesagt. Ich hatte gehofft, es hört wieder auf. Aber sie wird immer dünner und tut nicht mehr die Sachen, die sie früher gemacht hat. Zum Beispiel war unsere Wohnung immer tipptopp. Jetzt müssen andere alles für sie erledigen. Dadurch mußte ich erwachsen werden. Ich möchte mehr für meine Mom tun. Jetzt denke ich öfter über sie nach als über mich. Ich hoffe, daß sie wieder gesund wird, aber jetzt will ich ihr erst mal nur helfen.

Alexis

Meine Mom wollte, daß meine Schwester Alexis heißt, weil sie den Namen schön fand. In der Fernsehserie »Denver Clan« gab es mal eine Alexis. Ich erinnere mich an Alexis, obwohl ich an ihrem ersten und einzigen Geburtstag nicht dabeisein konnte, weil ich Windpocken hatte. Aber wir haben damals einen Videofilm gemacht, deshalb weiß ich, wie es war. Es war schön. Ich habe ein Foto von meiner Mom, meiner Großmutter, meiner Schwester und mir, das an meinem Geburtstag aufgenommen wurde.

Als ich Alexis zum ersten Mal sah, wie sie mit meiner Mutter nach Hause kam, dachte ich: »Wow, ich hab eine Schwester!« Aber ich durfte sie nicht halten und nichts, weil sie ein Atmungsproblem hatte und in so einem Sauerstoffbehälter lag. Eine kurze Zeit ging es ihr gut, ich habe damals viele Fotos von ihr gemacht. Ich war dauernd an ihr dran. Ich hab mit ihr gespielt und so. Ich wußte, sie mag mich, weil ich sie immer zum Lachen brachte. Ich zog Grimassen und machte Geräusche, und sie kringelte sich vor Lachen. Sie lachte wie eine Erwachsene. Sie warf den Kopf zurück und lachte ganz laut. Als ob sie gewußt hätte, daß ihr nicht viel Zeit zum Lachen blieb.

Pinselig

In der Kunststunde heute haben wir gemalt. Im Augenblick sind Wasserfarben dran. Es ist ein Kunstunterricht, in dem wir viel über andere Kulturen lernen und dann selbst etwas ausprobieren. Aber ich kann die Lehrerin nicht leiden. Sie wird mit der Klasse nicht fertig. Sie ist alt und völlig fertig, schon fünfzig, einfach uralt.

Ihr ganzer Kram kommt aus verschiedenen Ländern. Das ist aus Ägypten, dies ist eine Handarbeit aus China, und jenes kommt aus England. Sie übertreibt es. Dann hat sie diesen Pinsel aus Frankreich angeschleppt. Sie hat uns klargemacht, daß alles, was aus Frankreich kommt, gut ist. Sie sagt also: »Dieser Pinsel ist besser, weil alle anderen Pinsel aus Roßhaar sind.« Ist doch klar, wenn ein Pinsel besser ist als alle anderen, wollen alle ihn haben. Sie macht aus diesem Pinsel eine wahnsinnig wichtige Sache. Sie kriegt uns dahin, daß wir den alle haben wollen. Sie sagt, sie will ihn jemandem geben, aber sie hat nicht genug Pinsel für alle mitgebracht. Also wird derjenige, der den guten Pinsel kriegt, der beste Maler sein, oder er ist besser, bei allem anderen, was sie machen läßt. Jedesmal denkst du, wenn du nur das verdammte Ding da kriegst, bist du besser.

Manchmal ist es ein absolutes Rätsel, so wie die ägyptischen Pyramiden, warum die Lehrer ein Kind leiden können oder nicht. Manchmal sind wir denen auch ganz egal. Sie sagen, es liegt an uns. Sie sagen: »Wenn wir zusammen etwas lernen, dann schaffst du das auch.« Manchmal denke ich, es liegt ihnen was an uns, aber ich bin mir nicht sicher. Deshalb lästern wir über die Kunstlehrerin.

Angebereien

Heute sagte dieser Typ zu mir: »Du willst dich prügeln? Dann komm raus auf den Flur.« Ich hatte keine Ahnung, warum. Manche Kids gucken dich einfach aus. Er ging also auf den Flur und wartete auf mich. Ich mußte dahin. Aber als ich rausging, grinste ich echt so cool wie Eddie Murphy in *Harlem Nights*. Als der Typ mich sah, grinste er und wollte sich nicht mehr prügeln, aber alle aus der Klasse schauten zu, also machten wir nur einen kleinen Ringkampf. Du weißt schon, damit die anderen nicht auf dich runtergucken. Das ist eben so bei Publikum.

Basketball Jones

Ich hab mich für die Aufnahme in die Basketballmannschaft der Schule beworben, aber ich hab's nicht geschafft, weil ich zuviel Schiß hatte, dabei ist das meine liebste Sportart. Es lag nicht daran, daß die anderen Kids besser waren – eine ganze Reihe von ihnen waren Nullen. Als ich dran war, schauten mir massenhaft Leute zu. Die wollten, daß ich ordentlich was zeige, und das machte mir angst. Ich hörte einen Typen sagen: »Guck mal, der Weiße da drüben, der schafft es bestimmt.« Dann merkte ich, daß sie über mich sprachen. Ich war der Weiße, weil meine Haut hell ist, und die meisten in der Schule sind Afro-Amerikaner. Sogar die Hispanos sagen, ich wäre weiß.

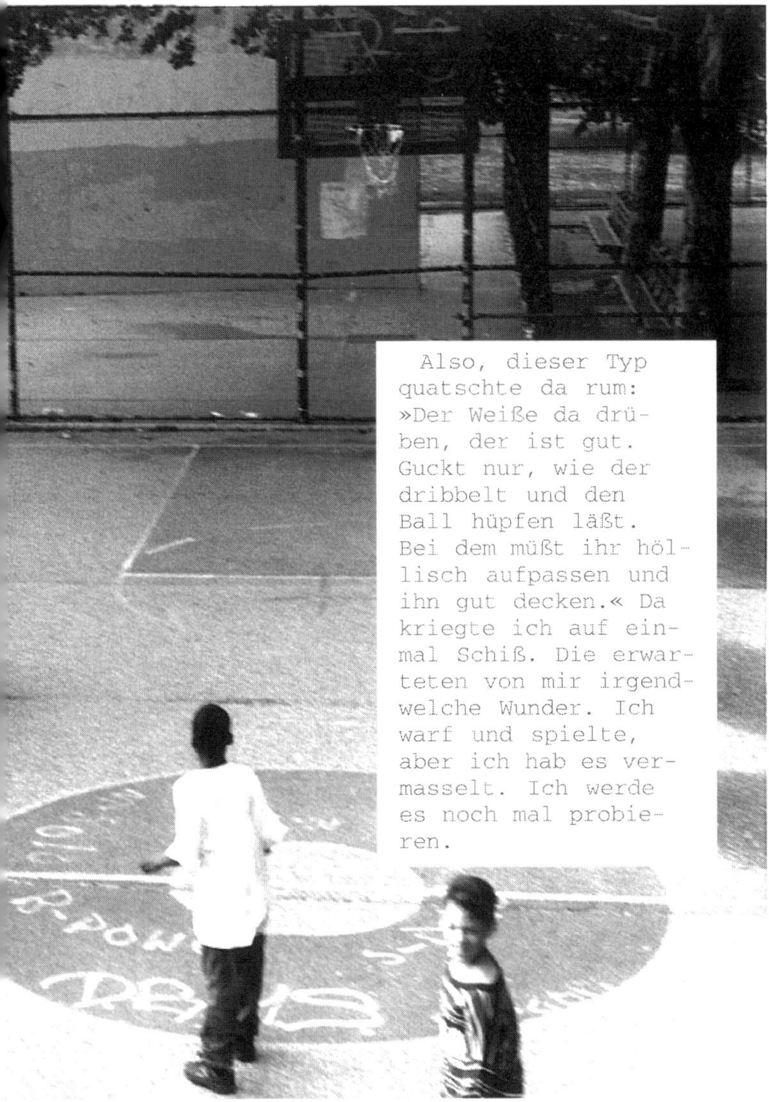

Also, dieser Typ quatschte da rum: »Der Weiße da drüben, der ist gut. Guckt nur, wie der dribbelt und den Ball hüpfen läßt. Bei dem müßt ihr höllisch aufpassen und ihn gut decken.« Da kriegte ich auf einmal Schiß. Die erwarteten von mir irgendwelche Wunder. Ich warf und spielte, aber ich hab es vermasselt. Ich werde es noch mal probieren.

Das Krankenhaus

Dad machte Generalreinigung im Haus. Du weißt schon, er putzte und schaffte den Müll raus. Er wollte, daß ich ihm nach der Schule einen Gefallen tat und meine Mutter im Krankenhaus besuchte. Ich konnte hinfahren, kein Problem. Es geht ihr nicht gut. Sie mußte Pipi machen, und da mußte eine Krankenschwester kommen und sie zur Toilette bringen. Ich blieb bei ihr. Ich machte mich nützlich, ich möchte sie glücklich machen, wenn ich kann. Sie wollte Saft, deshalb rannte ich runter und holte welchen. Ich glaube, sie liegt in einem jüdischen Krankenhaus, denn es war Freitag, und mir wurde gesagt, ich sollte mich beeilen, weil gleich Sabbat wäre. Nach Sonnenuntergang darf man nichts mehr einkaufen – gar nichts. Bei uns wird der Sabbat auch gefeiert, aber wir sind katholisch. Deshalb hab ich mich sehr beeilt und hab ihr Saft und Obstkuchen gekauft. Sie hat ganz ordentlich gegessen, aber ich mußte sie füttern. Später hab ich ihr auch beim Abendessen geholfen, ein bißchen Huhn mit Kartoffeln und Möhren. Das Telefon funktionierte und der Fernseher auch. Also war alles in Ordnung.

Als die Krankenschwester sie umzog, zog sie meiner Mutter das Nachthemd verkehrt rum an. Als ich das sah, flippte ich aus, weil ich meine Mom kenne. Sie will immer, daß ich alles perfekt mache. Manchmal mache ich die Dinge gut, aber nicht perfekt. Ich wußte, daß diese Sache mit dem Hemd sie störte. Deshalb hab ich es ihr richtig rum angezogen, aber wir redeten nicht darüber. Es war eine wortlose Angelegenheit zwischen uns.

Ich machte die Schwester nach, die so komisch aussah, und brachte meine Mutter damit zum Lachen. Sie fror, deshalb holte ich von der Schwester eine Decke. Meine Mutter fragte, woher ich die Decke hätte, also hab ich ihr einen Bären aufgebunden. Ich erzählte ihr, der Patient aus dem Nachbarzimmer wäre zur Toilette gegangen, und da hätte ich mir seine geschnappt. Sie lachte und sagte: »Ich hoffe nur, daß der nicht ernsthaft krank ist.«

»Also, Mom, wenn der im Krankenhaus liegt, dann muß etwas bei ihm nicht stimmen.« Dann habe ich Quatsch gemacht und ihr die Decke über das Gesicht gelegt. Sie schrie: »Gil, nimm das weg! Ich weiß doch nicht, woran der Kerl leidet.« Dann sagte ich ihr, es wäre nur ein Scherz, und sie lachte.

Ich kenne hier jetzt alle Ärzte und Krankenschwestern, und ich helfe ihnen bei der Pflege von meiner Mom, wie ich eben kann. Ich sorge dafür, daß sie ihre Medizin nimmt; ich geb sie ihr sogar selbst. Ich behalte auch immer diesen Ständer mit der Tropfflasche im Auge.

Blödeleien

Der Lehrer hat den Abschlußtest verschlampt, den er sich ausgedacht hatte, deshalb hat er uns den letzten Test noch mal schreiben lassen. Ich wußte noch, welche Fehler ich da gemacht hatte, und habe deshalb gut abgeschnitten. Ein paar von den Älteren wollten bei mir abschreiben, aber ich hab ihnen gesagt, ich hätte nicht gelernt, und es wäre alles nur geraten. Da haben sie mich in Ruhe gelassen. Manche von denen hauen Leute auch um Geld an, aber ich hab mit denen keine Probleme, weil sie meine Witze gut finden. Sie sagen, ich wäre kein Ätzbrocken, sondern sie hätten Spaß mit mir. Das liegt vor allem daran, daß ich ein Optimist bin. Ich mach Witze, ich denke mir Sachen aus, und ich hab einen Sinn für Humor. Bei mir brauchen sie keine Angst zu haben, daß ich von ihnen dies oder das will oder sogar Geld pumpe. Sie müssen auf mich nicht aufpassen oder sagen: »Paß auf, der macht gleich was, der klaut oder verpfeift andere.«

Ich bring sie zum Lachen. Zum Beispiel hab ich diesem großen Typen in meiner Klasse gesagt, daß ich ihn vielleicht verprügeln muß. Da hat er gelacht und gesagt: »Der ist ja total abgedreht.« Da hab ich gesagt: »Hab ich dir erlaubt zu reden? Wer hat dir erlaubt zu reden?« Da lachte er wieder, und ich sagte: »Willst du lieber, daß ich dich jetzt verdresche oder später? Das hier ist nämlich blutiger Ernst – nicht so was wie deine Videospiele!«

Essen auf Staatskosten – zum Kotzen

Beim Mittagessen in der Cafeteria warten ungefähr tausend Leute darauf, daß sie reinkönnen. Wenn die Tür endlich aufgeht, dann mußt du deinen Perso in den Automaten stecken, damit er dich registrieren kann. Die Lehrer wandern rum und sagen dir, du sollst die Mütze abnehmen, damit sie dein Gesicht erkennen können. Wir stellen uns alle zum Essenholen an, aber ich warte erst mal ab, weil die Schlange so lang ist. Also setze ich mich hin und sag zu meinen Freunden, daß ich warten will, bis sie kürzer ist. Aber die Schlange wächst, sie wird immer länger. Also stelle ich mich doch an und geb meine Essensmarken ab. Die haben verschiedene Farben für Geflügel, Obst und Pommes, aber für Milch muß man zehn Cent bezahlen. Es gibt eine Snackbar mit Keksen, Kuchen, Bonbons und so 'nem Zeug, aber das kostet extra.

Es macht Spaß, mit den anderen Jungen herumzusitzen und zu quatschen. Wir lästern über uns, machen uns über die Lehrer lustig oder lachen über das Essen. Das Essen ist so mies, daß ich lieber im Sozialamt Schlange stehen und auf Gutscheine warten würde. Die Frauen in der Cafeteria kochen das Zeug zwar, aber ich glaube, sie essen es nie selbst. Sie kochen wohl einfach, was sie gerade so dahaben, weil sie noch nie die Schüler gefragt haben, was sie gern essen wollen.

An Weihnachten geben sie uns einen Ferienkeks, an Thanksgiving geben sie uns einen Keks, für das Jahr des Kindes einen Keks . . .

Nenn mich Air Alicea

Manchmal tu ich so, als wäre ich wer anderes, wenn ich mein Basketballtrikot anziehe. Ich geb mir dann die Namen von anderen Spielern, je nachdem, was ich tue. Wenn ich dribble, bin ich Tim Hardaway, wenn ich Aufbauspieler bin, Michael Jordan, wenn ich dunke, Chris Mullin, und wenn ich hochspringe und den Ball reindresche, Shawn Kemp. Im Dunkwettbewerb stell ich mir vor, ich bin Jordan.

So was mache ich gern, weil mein Nachname Alicea besser klingen würde, wenn es Air Alicea hieße. Wenn ich spiele, geht es mir besser. Dann stelle ich mir einfach vor, ich dunke den Ball in den Korb wie Jordan. Ich versuche, so zu denken wie er. Wenn ich Michael Jordan bin, dann lasse ich auch meine Zunge raushängen, genau wie er. Ich bewege mich genau wie der, den ich gerade spiele. Wenn ich Shawn

Kemp bin, dann spiel ich wie er. Er ist lang, das kann ich nicht nachmachen. Aber er hält seine Arme hoch und streckt sie weit von sich, damit er blitzschnell reagieren kann. Das kann ich nachmachen. Wenn ich Tim Hardaway bin, spiel ich ganz tief, er dribbelt tief, so kommt er an allen vorbei. Wenn ich Jordan bin, dann spring ich einfach hoch. Ich halte den Ball hinter meinem Rücken oder steck ihn zwischen den Beinen durch. Ich versuche, mir von allen Spielern was abzugucken.

Aber wenn ich als ich selbst spiele, versuche ich das Beste draus zu machen, daß ich so klein bin. Ich dribble auf meinen Knien, und die anderen sind dafür zu groß und kommen nicht so weit runter. Dann sagen die Kids: »Du spielst gut – weiter so, und du wirst mal echt gut.« Ich hab so einen Trick, wenn ich auf den Knien dribble, daß ich den Ball dann um mich rum auf meine andere Seite bringe. Die Leute nutzen ja auch ihre Länge zu ihrem Vorteil, ich mach das Beste draus, daß ich so klein bin.

Grandma will trendy sein

Nach der Schule geh ich einkaufen, spüle das Geschirr oder räume auf. Dad findet es gut, wenn ich die Küche in Ordnung bringe. Dann lobt er mich. Ich darf meine Großmutter besuchen, je nachdem, ob sie für uns gekocht hat, Geld braucht oder sonstwas. Meine Großmutter ist alt, aber sie hat ein junges Herz, denn sie ist dauernd beschäftigt. Sie putzt und kocht.

Sie macht dieses Brathähnchen mit ganz besonderen Gewürzen. Die Haut von dem Huhn ist dann ganz rot. Das ist klasse. Aber ich bin an ihre Art zu kochen nicht ge-

wöhnt. Sie macht manchmal ekelhafte Sachen. Sie brät Hühnerschenkel, und ich mag keine Schenkel. Hühnerflügel brät sie nicht. Sie ist dickköpfig, sie macht nur billige Gerichte. Sie kauft nur ganz, ganz billige Zutaten. Flügel kosten mehr als Schenkel, also kauft sie Schenkel. Aber sie macht sie so, daß sie gut schmecken.

Wenn sie Haferflocken kauft, dann nimmt sie die riesengroßen Kartons, die drei Jahre lang reichen. Sonderangebote, zwei Stück für einen Dollar. Ich schmeiß sie später aus dem Fenster, nur damit ich sie los bin. Sie achtet sehr aufs Geld. Als sie in Puerto Rico lebte, war sie sehr arm, und deshalb kauft sie immer billiges Zeug. Sie sagt: »Warum soll ich das nehmen, wenn ich was Billigeres kriegen kann?« Sie gibt ihr Geld lieber für andere Sachen aus.

Grandma amüsiert sich gern. Sie sagt: »Komm, wir sehen uns einen Boxkampf oder Wrestling an.« Sie ist ein großer Wrestlingfan, und sie findet Vögel toll. Sie hat viel zu viele, paarundzwanzig. Vier Papageien, zwei Kardinäle und noch jede Menge mehr. Einer heißt Rosita, und Grandma sagt immer zu ihm: »Rooo-si-taaa, Rooo-si-taaa, Rooo-si-taaa.« Man könnte meinen, daß sie in die Vögel total verknallt ist. Sie erzählt mir, was die Vögel denken und was sie alles machen. »Guck mal, Rosita ist eifersüchtig auf Tommy und Junga, weil Rosita auch in Tommy verliebt ist.« Dann macht sie ein Gesicht, als ob das echt wahr ist. Als ob die Vögel sich wegen einem Vogelmädchen zanken würden. Das ist wie eine Fernsehschnulze, aber mit Vögeln. Ich konnte Sammy am besten leiden. Mit dem hab ich immer gespielt, aber jetzt ist er tot. Er war behindert, seine Flügel waren angenagt, und da habe ich ihm immer beim Fliegen geholfen, weil er das selbst nicht mehr konnte.

Sie hat es gern, wenn ich sie besuche und mit ihr tanze, auch wenn sie meinen Namen mit dem von einem anderen Enkel verwechselt. Sie reicht mir bis zur Nase, und sie ist mollig. Dauernd hat sie eine neue Haarfarbe – sie färbt es ständig um. Sie geht auch gern auf Partys. Grandma ist sechzig oder siebzig oder mehr, aber sie möchte gern trendy aussehen. Oder wenigstens, was sie trendy findet. Sie hat die gleiche Mütze wie ich, sie sagt, sie hätte sie schon vor mir gekauft.

Bei einem Besuch hab ich sie mal gefragt, warum sie nach so vielen Jahren immer noch nicht Englisch spricht. Sie sagte: »Ich kann Englisch, you son of a bitch*!« Ich sagte: »Grandma, das ist ein Schimpfwort!« Aber das wußte sie gar nicht. Sie dachte, es würde was anderes bedeuten. Dann rief sie mich an den Tisch zum Kartenspielen und sagte: »Komm her, damit ich dich schlagen kann.« Wir spielten Roulette. Manchmal gewinne ich, manchmal gewinnt sie. Sie spielt total gern und fährt öfter mit ihren Freundinnen nach Atlantic City ins Kasino. Da ist sie dann gar nicht knickrig.

---

*du Hurensohn

Mr. Clown

Meinen Politiklehrer nenne ich Mr. Clown. Er gibt allen Kids Spitznamen, macht Reime drauf oder äfft sie irgendwie nach. Er denkt, er spielt mit uns. Aber wir können das nicht ab. Das einzige, was manche Kids besitzen, ist ihr Name. Wenn du jemanden ärgern willst, dann schreist du einfach seinen ganzen Namen. Zum Beispiel brülle ich CHRISTOPHER, um meinen Freund zu ärgern. Der ganze Name klingt nämlich blöd, finde ich. Wenn jemand Reginald heißt, würdest du ihn doch auch Reg nennen. Nicht Reginald. Reginald klingt komisch. Aber wenn ein Erwachsener das macht, ist das gemein, weil du das mit ihm nicht machen darfst.

Mädchen tratsch

Du weißt ja, in meiner Schule sind hauptsächlich Jungen. Den ganzen Tag lang seh ich meistens nur Jungen. Wenn ich nach Hause komme und Mädchen sehe, frage ich mich: »He, Mann, ist das echt oder Einbildung?« Ich hab ein Mädchen kennengelernt, aber sie durfte mir nicht ihre Telefonnummer geben, weil sie auf eine katholische Schule geht und so 'n Kram. Ihre Eltern sind streng. Sie darf nicht mit Jungen telefonieren. Sie hat mich dann zu einer Party eingeladen, damit wir mal miteinander reden konnten.

Ich mache Eindruck auf die Mädchen, weil ich ich bin. Zum Beispiel wissen sie, daß ich Witze mache. Das finden sie gut. Wenn du witzig und schlau bist, schließen dich die Mädchen sofort in ihr Herz. Aber wenn du willst, daß sie dich wirklich mögen, mußt du einfach du selbst sein. Wenn das Mädchen dich gut findet, dann hast du irgendwas an dir, was sie mag. Also bringt es nichts, wenn du was vortäuschst. Denn wenn sie dich mag und du bist ein Heuchler, kannst du nie einfach du selbst sein und fühlst dich nicht gut. Du meinst immer, du mußt diese Show abziehen, nur damit du ihr gefällst. Dann findet sie nicht dich selbst gut, sondern steht bloß auf den Showman, den du ihr zeigst.

Ich rede mit Mädchen über jedes Thema, das sie interessiert. Ich rede nicht nur über die Dinge, die mich interessieren, wie Sport oder so. Mädchen können gut labern. Sie reden, reden, reden. Sie reden über alles, über Klamotten und Musik zum Beispiel. Sie wissen über alles Bescheid. Sie können über ein und dasselbe Thema stundenlang reden. Wenn sie dir erzählen, daß ein Streichholz auf den Boden gefallen ist, dann beschreiben sie genau, wie es gefallen ist, ob es geschnipst wurde, oder noch mal hochgehüpft ist. Sie erzählen dir jede klitzekleine Einzelheit.

Mathe stunde

In der letzten Stunde jede Woche haben wir Mathe. Ich nenne den Lehrer »Big Bird«, weil er so lang ist. Wenn er vor der Tafel steht, sieht man von der nichts mehr. Er ist weiß und lebt in Middletown. Die meisten Lehrer wohnen in den besseren Stadtteilen, nicht in unserer Gegend. Als ob sie Angst hätten, daß jemand sie zu Hause belämmern würde. Unser Mathelehrer ist witzig. Er will uns zum Lachen bringen. Als ob wir eine Spaßstunde hätten. Er läßt uns erst mal immer rumlästern, damit wir uns beruhigen. Er weiß, daß wir ein bißchen wild sind, weil wir doch fast nur Jungen sind. Es gibt hier bloß ungefähr fünfzig Mädchen, weil es eine Berufsschule ist. Es gibt nicht viele Mädchen, die technische Zeichnerinnen, Schreinerinnen oder Automechanikerinnen werden wollen. Deshalb läßt unser Mathelehrer uns erst mal austoben – wenigstens ein paar Minuten lang.

Mein Dad

Zu Hause bringt mein Vater mir bei, wie man überlebt, wie man die Dinge im Leben richtig angeht und wie man sich richtig verhält. Aber er sagt auch: »Bleib ein Kind, werd nicht zu schnell erwachsen, denn mir ist es so ergangen.« Jeder will erwachsen sein, nur um zu sehen, wie das ist. Aber mein Vater wäre am liebsten ein Kind, jetzt, wo er erwachsen ist.

Ruhetag

Samstags gehe ich von 9.00 Uhr morgens bis 10.00 Uhr abends zur Kirche. Da gibt es einen, Richie, der holt mich und noch ein paar Kids immer in seinem Lieferwagen ab. Er ist Arzt. Vier Stunden dauert der Gottesdienst am Morgen. Da sitzen die Leute, reden, singen und erzählen. Ich sitze dabei, aber ich höre nicht immer zu. Manchmal unterhalte ich mich mit einem Freund – über Jesus, versteht sich.

Später gehen wir dann runter und essen alle zusammen. Dann fühle ich mich richtig gut. Sie kochen dann Hühnchen, Nudeln, Reis und Bohnen. Samstags sollen wir nicht einkaufen gehen, weil da Sabbat ist, und in der Bibel steht, daß man am Freitag arbeitet und sich am Samstag ausruht. Nach dem Essen hängen wir rum, erholen uns und reden. Dann ist noch mal Gottesdienst.

Der Priester spricht spanisch, deshalb versteh ich nur manchmal was. Wir singen auch auf spanisch. Wenn ich dann nicht durchblicke, bewege ich einfach nur die Lippen. Das Singen hört sich gut an und gibt mir Kraft. Später gehen wir wieder nach unten und haben Bibelstunde, feiern was oder spielen miteinander. Bei den Pfadfindern gibt es auch so ein Belohnungssystem. Da kriegt man für irgendwelche guten Taten Abzeichen.

Die Leute in der Kirche passen auf dich auf. Einmal ging ich mit einem Freund nach Hause, in Schlips und so, mit allem, was dazugehört. Ich mache mein Jackett auf, und mein Freund sagt: »Mach dein Jackett zu.« Ich frage: »Warum?« – »Weil du eine Krawatte umhast, darum. Die Leute sehen, daß du von der Kirche kommst, und denken, du bist ein Schwachkopf, und dann nehmen sie dir das Jackett weg.« Also machte ich mein Jackett wieder zu.

Besuch bei Mom

Ich weiß jetzt, was es mit dem Schweigen auf sich hat, wenn ich meiner Mutter beim Anziehen helfe. Ich weiß, daß Reden dann nicht angesagt ist. Das ist etwas, was ich für sie tun muß. Sie kann es nicht allein machen. Ich muß ihr dabei helfen. Bestimmt denkt sie: »Das müßte ich doch selber tun. Ich würde mich gern selbst anziehen, aber ich kann es nicht mehr.« Sie kann vieles nicht mehr tun, und das quält sie. Was soll ich also groß quasseln, während ich ihr beim Anziehen helfe?

Ich möchte, daß meine Mutter glücklich ist. Ich sage ihr, sie soll sich keinen Kummer machen, und ich erzähle ihr von Gott. Das hat sie gern. Ich sage zur ihr: »Mach dir bloß keine Sorgen. Jesus ist immer bei dir, und er wird immer bei dir sein, ganz egal, was passiert. Er kommt zu dir, aber trotzdem müssen manche Menschen leiden, obwohl sie ihn lieben.« Ich geb ihr einen Kuß. Ich zeige ihr, daß ich sie liebhabe. Ich schneide Fratzen oder ich tanze, um sie zum Lachen zu bringen. Oder ich bewege die Lippen zu alten, schnulzigen Schlagern. Dann lacht sie.

Aber ich mach mir Sorgen, daß sie nicht bereit ist, wenn sie uns verlassen muß, was Gott verhüten möge. Ich bin sehr gläubig. Ich glaube, daß Jesus eines Tages wiederkommen wird. Aber du weißt ja, viele Leute glauben das nicht, und wenn ich sage »glauben«, dann meine ich das im religiösen Sinne. Es gibt da verschiedene Theorien. Ich bin gläubiger Christ. Das ist meine Überzeugung. Damit habe ich mich auseinandergesetzt, deshalb rede ich mit meiner Mutter darüber, damit sie bereit ist, weil ich ganz genau weiß, daß es wahr ist.

Ich möchte, daß sie bereit ist, wenn sie von uns geht, und irgendwann bin ich dann bei ihr im Himmel für alle Ewigkeit.

Abendliche Vorbereitungen

Sonntag abends lege ich meine Kleider für die nächste Woche zurecht. So weiß ich, was ich dann in der Woche anziehen werde. Das zieh ich am Montag an, das am Dienstag. Dad sagt, ich brauche das nicht, aber ich will gut aussehen. Ich will, daß alles zusammenpaßt.

Schlimm

Die Polizisten sollen eigentlich die kleinen Dealer in Ruhe lassen, aber ich fände es toll, wenn jeder Dealer hinter Schloß und Riegel käme. Die Gefängnisse sollen angeblich überfüllt sein. Sie glauben, daß sie viel damit erreichen, wenn sie die Drahtzieher von ganz oben kriegen. Aber für einen großen Dealer arbeiten massenhaft andere Leute. Deshalb sollte man sie alle, einen nach dem anderen, schnappen, und die großen auch, dann müßte man sich weniger Sorgen machen.

Drogen zu legalisieren ist gefährlich. Dann sagen die Kids: »Na, bitte, es ist ja nicht kriminell!« Die Leute setzen sich dann mitten auf der Straße einen Schuß und werden high. Dann gibt es noch mehr, die durchdrehen, noch mehr Selbstmorde und Morde. Wenn du Drogen nimmst, bist du irgendwie nur ein Mensch zweiter Klasse. Du hast keine Ahnung, was Sache ist. Dann leidest du an Verfolgungswahn, weißt du.

Als Alexis starb

Alexis starb, als ich elf war. Es war traurig, aber ich hab das damals echt nicht gecheckt. Weil sie krank war, hatte ich keinen so engen Draht zu ihr. Deshalb vermißte ich sie auch nicht so richtig. Meine Eltern waren traurig, und das Leben bei uns war eine Zeitlang ganz schön schwierig. Wir mußten uns Geld für die Beerdigung besorgen, weil sie sehr teuer war. Zwei Wochen vorher war meine Großmutter gestorben. Wir waren uns immer sehr nahe gewesen. Da habe ich viel geweint. Ich versuchte immer, nicht an sie zu denken, aber ich hab sie schrecklich vermißt. Ich konnte damals mit meinen Eltern schlecht darüber reden, weil sie immer an Großmutter und an Alexis dachten. Es war schon seltsam. Irgendwie war alle Traurigkeit erschöpft, aber trotzdem war sie immer noch da.

Entscheidungen

Jeder macht was anderes, um sich durchzuschlagen. Ein Typ sagte zu mir: »Mensch, Gil, ich und der Typ sind ins Kaufhaus gegangen, und dann hatten wir diese Super-Nintendo-Spiele in unseren Hosentaschen und so. Als wir rausgingen, war da eine Kamera, und ich weiß nicht, ob die Kamera uns gefilmt hat. Willst du morgen mit uns mitkommen?« Ich sagte nein. Der spinnt, so wie der will ich nicht leben. Mir reicht, was ich habe, und ich brauche nichts so dringend, daß ich ein solches Risiko eingehen würde. Das wäre es mir nicht wert. Wenn ich was möchte, dann frag ich Dad, und wenn der nein sagt, dann sagt er eben nein. Wenn er es kaufen könnte, würde er es tun.

Ich kannte einen aus meinem Jahrgang, der hat bei so einem Scheiß mitgemacht. Der läßt sich hier nicht mehr blicken, weil die Leute ihn am liebsten umbringen würden und die Polizei ihn schnappen will. Jetzt muß er sich verstekken und kann nicht mehr frei herumlaufen.

Kids wie ich treiben Sport oder spielen Videospiele oder mit Basketball-Karten. So was macht mir echt Spaß, weil ich dann nicht Angst haben muß, daß mich jemand dabei erwischen könnte. Sonst muß man seinen Eltern aus dem Weg gehen. Ich brauch mir wegen so einem Kram keine Sorgen zu machen. Mir geht es gut. Das verschafft mir Freiheit.

Ich hab mich entschieden, aber viele Kinder besitzen kaum was. Bei denen gibt es nicht genug zu essen. Sie haben keine Klamotten und keine Spiele. Also können sie sich nicht frei entscheiden. Sie denken, daß der Besitz von dem Kram das Risiko wert ist. Die Schule gibt ihnen weder Geld noch Kleider. So denken sie jedenfalls. Sie sagen: »Ich geh nicht zur Schule. Ich schwänze, weil ich nichts Anständiges anzuziehen habe, in dem ich mich in der Schule blicken lassen kann. Was ich habe, ist dreckig, lumpig, schäbig. Ich hab dieses Spiel nicht, das alle anderen haben.« Ihre Eltern sind auch schlechte Vorbilder, nehmen Drogen und so, also warum sollten diese Kids es anders machen?

Schritt
für Schritt

Ich denke oft über die Zukunft nach. Was ich mal machen werde. Nicht in der fernen Zukunft. Darüber denk ich auch manchmal nach, aber ich zerbrech mir auch den Kopf darüber, was ich in einer Stunde tun werde, oder in zwei Stunden. Dann mach ich dieses oder jenes. Ich denke immer über heute nach. Morgen ist morgen, und gestern ist gestern, aber über heute muß ich nachdenken, denn ich muß wissen, was ich machen will. Mir geht es gut, wenn ich weiß, was ich vorhabe. Deshalb plane ich genau, damit dann alles wie am Schnürchen läuft. Denn wenn ich den Plan nicht einhalte, geht alles schief.

Wenn ich früher mein Zimmer nicht aufgeräumt hab, dann gab mir Dad immer einen Stundenplan. Er sagte: »Um zwei Uhr gehst du raus. Um vier Uhr kommst du wieder, ißt und gehst noch mal eine Stunde raus, dann kommst du wieder, duschst, ißt, räumst dein Zimmer auf und all so was.« Deshalb mache ich das heute so. Ich finde das gut, denn so kannst du alles erledigen, was du mußt, und niemand bringt dir dein Programm durcheinander. Du folgst immer deinem eigenen Zeitplan und weißt, wie du deinen Kram erledigen willst. Das habe ich von meinem Vater gelernt, aber ich mach es, weil es sich so wirklich besser lebt.

Manchmal werfe ich meinen Plan über den Haufen. Zum Beispiel, wenn ich gern noch eine halbe Stunde draußen bleiben möchte. Dann handele ich das mit mir aus und tu das. Wenn ich also Dad gesagt habe, daß ich um acht Uhr abends wieder da bin, und es mir draußen noch so richtig Spaß macht, dann habe ich noch ungefähr eine halbe

Stunde mehr oder weniger. Du kannst deinen eigenen Zeitplan immer zu deinem Vorteil korrigieren, trotzdem muß man einen haben. Ich weiß, daß die meisten Kids keinen haben, das seh ich bei meinen Freunden. Die gammeln nur so rum. Sie spielen ein bißchen Basketball, aber dann wissen sie nicht, was sie tun sollen. Also setzen sie sich hin. Da sehe ich sie dann und frage: »Wollt ihr spielen?« Und sie sagen: »Langsam, langsam.« Sie tun so, als würden sie darüber nachdenken, was sie als nächstes tun wollen. Aber dann geben sie sich einen Schubs und machen schließlich was. Das braucht so seine Zeit bei ihnen.

Bei mir ist das anders. Wenn ich Basketball spielen will, nachdem ich woanders war – zu Hause oder wo auch immer –, weiß ich, daß das jetzt dran ist, weil ich es mir vorgenommen habe. Aber die meisten Freunde von mir denken über Zeitpläne nicht nach. Sie sagen einfach: »Vielleicht werde ich nachher Basketball spielen.« Von mir aus können sie das machen, das ist okay, aber ich finde einen Plan besser. Dann hab ich die Dinge unter Kontrolle. Meine Freunde haben das nicht.

Für meinen Vater ist es auch besser, wenn er weiß, was ich machen will. Ich sag ihm, was ich vorhabe und wann ich wiederkomme. Dann ist er beruhigt, weil er weiß, was läuft. Er muß nicht herumraten: »Oh, wo ist denn Gil bloß hin?« Manchmal möchte ich am liebsten den ganzen Tag draußen bleiben und Basketball spielen, aber ich hab meinen Plan. Das hilft mir und Dad. Denn dann weiß er, daß ich keinen Blödsinn mache.

Trikots

Wenn ich rausgehe und Basketball spiele, ziehe ich eins von den vielen Trikots an, die ich von den verschiedenen Mannschaften habe. Zum Beispiel habe ich das gleiche an wie Starks, der ist bei den Knicks, oder wie Jordan von den Bulls und Barcelona. Ich hab sogar eins vom Le Parker Meridien Hotel. Das ist ein schickes Trikot. Kurze Hosen, weißt du, mit Hemd und Pulli. Dazu noch das Trainingshemd und den ganzen Kram. Das ist so, als wäre ich bei all diesen Mannschaften Mitglied. Dann sehe ich aus wie ein echter Spieler. Alle anderen sehen das auch.

Basketball nonstop

Ich habe Mist gebaut. Ich hab nicht mehr Basketball gespielt so wie früher, weil ich mich neulich überanstrengt hatte. Ich hab einfach ununterbrochen gespielt, nonstop. Dann war ich total groggy und absolut k.o. Mein Bein tat weh. Ich ging zum Arzt, und er nannte mir den Namen von der Krankheit. Ich muß noch mal da hin.

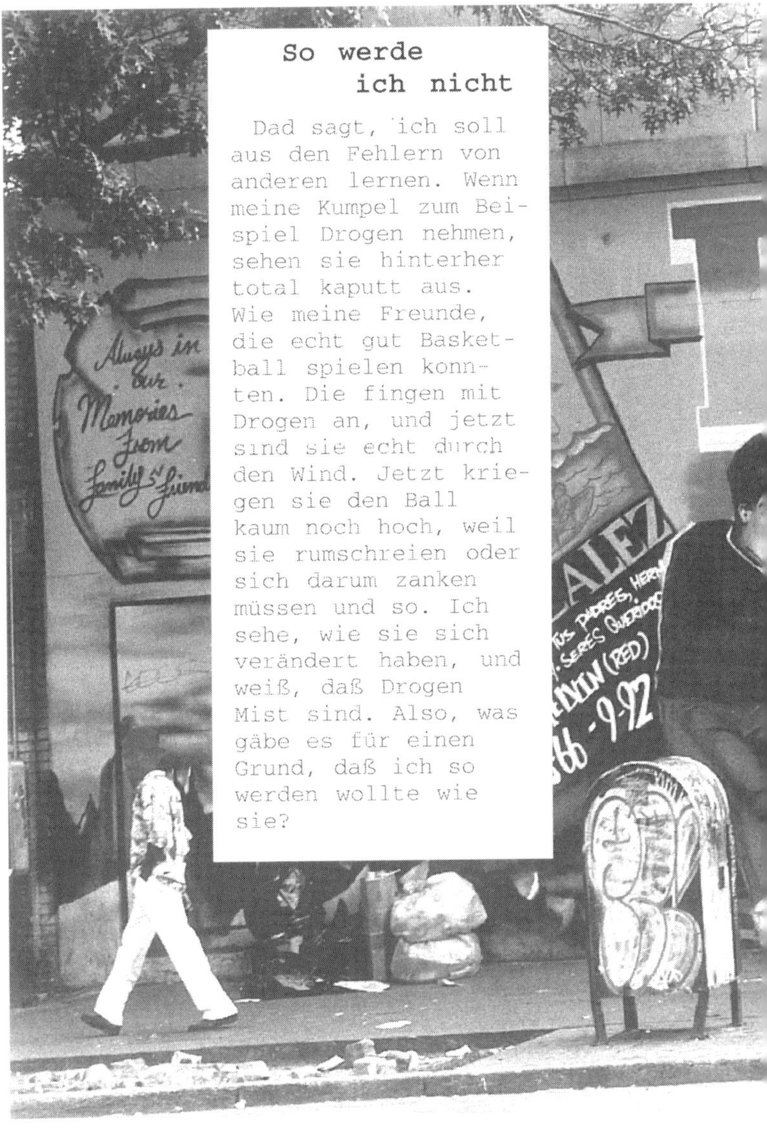

So werde ich nicht

Dad sagt, ich soll aus den Fehlern von anderen lernen. Wenn meine Kumpel zum Beispiel Drogen nehmen, sehen sie hinterher total kaputt aus. Wie meine Freunde, die echt gut Basketball spielen konnten. Die fingen mit Drogen an, und jetzt sind sie echt durch den Wind. Jetzt kriegen sie den Ball kaum noch hoch, weil sie rumschreien oder sich darum zanken müssen und so. Ich sehe, wie sie sich verändert haben, und weiß, daß Drogen Mist sind. Also, was gäbe es für einen Grund, daß ich so werden wollte wie sie?

Aber Kids sehen das und nehmen trotzdem Drogen, weil sie das cool finden. Da rumzuhängen und alles, und mal auszuprobieren, wie sich das anfühlt. Sie sehen die Leute, die Drogen nehmen, und sagen: »He, laß mich auch mal.« Dann behaupten sie: »Ich bin nicht süchtig, ich werde bestimmt nicht mein ganzes Leben lang Crack rauchen.« Sie sehen genug süchtige Leute, aber sie lernen nichts daraus. Für mich ist es leicht, weil ich es genau sehe. Nicht weil meine Eltern mir das gesagt haben. Aber die anderen Kids blicken das nicht. Sie müssen immer einen auf cool machen.

Bullen

Alle Kids in meiner Gegend denken, die Bullen sind gemein, denn sie laufen immer vor ihnen weg. Die älteren Kids finden die Bullen gemein, also denken die jüngeren das auch. Sie bilden sich einfach ein, daß die Bullen schlimme Sachen machen, auch wenn sie das selbst nie gesehen haben. Du kannst dich mit Bullen nicht abgeben und mit ihnen quatschen, sonst halten dich die anderen Kids gleich für einen Spitzel, der andere verpfeift. Das kann schwer ins Auge gehen. Die Bullen reden auch nie mit den Kids, sie versuchen es nicht mal. Als damals diese vielen Bullen wegen Drogen verknackt wurden, sagten die Kids, alle Bullen bauen Scheiße. Also denken wir lieber gar nicht über die Bullen nach. Wir nehmen sie nicht ernst. Aber weil alle diese Bullen damals erwischt wurden, heißt es, daß sie auch hinterhältig sind. Das haben sich die Kids schon immer gedacht.

Zusehen, wie Gewalt entsteht

Als ich noch klein war, hab ich mir gern im Fernsehen Karatefilme angesehen. Dann ging ich nach draußen und wollte das auch können. Den anderen Kids bei uns ging es genauso. Wenn wir sahen, wie so ein Karatetyp alle fertigmachte, wollten wir das auch können: die ganzen Bewegungen, Kniffe und Tricks, und trotzdem nicht draufgehen. Da macht sich keiner Sorgen, daß er sich verletzen könnte oder so, weil die Leute in den Filmen nie was abkriegen. Wie bei den Ninja-Wurfsternen mit den scharfen Kanten. Die kann man in den chinesischen Läden kaufen. Mich haben sie in der Schule mal mit einem erwischt, und ich wurde vom Unterricht ausgeschlossen. Wir warfen sie immer gegen Bäume, und ich dachte nicht großartig über Verletzungen nach. Ich hab es einfach getan. Ich wollte ein Karatemeister werden, damit die Leute Bescheid wußten, daß ich Kampfsportarten beherrschte. Aber als ich älter wurde, wurde mir klar, daß das gefährlich war, daß man sich oder jemand anderen leicht dabei verletzen konnte. Ich finde Gewalt in Fernsehfilmen nicht so schlimm, wenn man älter ist und voll mitkriegt, was da abgeht. Aber wenn du noch klein bist, kapierst du das nicht. Das sollte man den Kindern sagen.

Ich dachte damals auch, daß Wrestling echt wäre. Da prügelt man mit Stühlen und allem möglichen aufeinander ein, aber nie wird jemand verletzt. Einer gewinnt, aber keinem tut was weh. Du siehst sogar, wie ein kleiner Typ einen Riesenkerl zusammenschlägt. Dann denkst du, wenn ich so kämpfen kann, kann ich auch einen Großen plattmachen, das alles sieht ganz echt aus. Als ich kleiner war, hielt ich alles im Fernsehen für echt. Ich dachte, das würde in dem Moment wirklich passieren. Auch wenn ich zweimal hintereinander einen Werbespot sah. Ich hab dann aufgepaßt, ob einer von den Typen den Gesichtsausdruck noch mal genauso hinkriegt wie beim vorigen Mal. Damals war ich sieben oder acht, und meine Freunde dachten genau wie ich – daß das im Fernsehen in Wirklichkeit passiert.

Für Kids ist das schlimm, wenn sie das Fernsehen für die Wirklichkeit halten. Die Eltern müßten das den Kids erklären, aber die sind ja nicht immer dabei, um zu sagen, daß das, was da abläuft, nicht stimmt. Ich weiß genau, wenn ich mal Kinder habe, dann bring ich ihnen das bei. Aber manche Eltern und Kinder reden ja gar nicht miteinander. Vielleicht könnte man das ja auch in der Schule lernen. Im Fernsehen könnten sie auch vor der Show oder vor dem Kampf sagen, daß alles nur gespielt ist und keine Wirklichkeit. Wenn ihnen was dran läge, daß die Kinder am Leben bleiben, sollten sie das tun.

Lern erfolge

Beakmans World« ist eine Fernsehshow, die ich witzig finde und mir gern ansehe. Außerdem lernt man da was über Naturwissenschaften. Da habe ich alles über die Adern im Körper gelernt. Ich wußte zum Beispiel nicht, daß alle Adern in einem Körper aneinandergebunden zweimal um die ganze Welt reichen würden. Zweimal rund um den Globus, und das alles ist in deinem Körper. Stell dir das bloß mal vor! Kids lernen gern so verrückte Sachen, vor allem solche wie in dieser Show. Die finde ich echt gut. Sie haben auch gezeigt, wie eine Rakete gemacht wird. Sie erklären, wie die Dinge funktionieren. Super.

Wiedersehen, Mom

Hinterher hab ich einfach gebetet. Ich sprach mit ihr in meinen Gebeten. Ich sagte Sachen wie: »Jetzt, wo du bei meiner kleinen Schwester bist und dich um sie kümmerst, brauchst du dir wegen mir keine Gedanken zu machen. Mir geht es gut. Paß auf mich auf. Ich werde dich wiedersehen, ganz bestimmt.«

Ein Tag nach dem anderen

Dad denkt viel an Mom. Er leidet schrecklich. Es geht ihm ganz schlecht. Mom ist das einzige, woran er denken kann. Er denkt an sie als letztes vor dem Einschlafen und als erstes beim Aufwachen. Und dazwischen auch immer.

Ich versuche, nicht zu oft an sie zu denken, weil ich weiß, daß ich sie schrecklich vermissen werde. Lieber erinnere ich mich an sie im Zusammenhang mit schönen Dingen, aber manchmal fällt das schwer. Deshalb beschäftige ich mich dauernd mit irgendwas. Ich spiele »Genesis« oder mit meinem Basketball in der Wohnung. Ich hab einen richtigen Basketballkorb in meinem Zimmer, mit einem Gummiball aus Schaumstoff. Das ist fast wie ein echter Ball, aber er macht keinen Krach. Am Korb ist eine Batterie für eine Stoppuhr, die zeigt den Punktestand an und das Wettkampfergebnis. Ich lade einen Freund zum Spielen ein, nur um nicht an Mom denken zu müssen.

Ich versuche, das gleiche für Dad zu tun, ich sorge dafür, daß er beschäftigt ist. Ich kümmere mich um ihn, unterhalte mich mit ihm, damit er nicht die ganze Zeit am Grübeln ist. Schon wenn ich mit ihm rede, wird er ein bißchen abgelenkt. Oder ich sehe mir mit ihm ein Spiel an. Wir reden über die Würfe und wer der beste Spieler ist. Wir streiten uns immer, denn er ist für den Typen von den Nets, diesen Derrick Coleman, und sagt, keiner könnte den schlagen. Keiner beim Basketball, beim Kämpfen und überhaupt. Ich sag ihm dauernd, daß es massenhaft große Kerle gibt, die Coleman plattmachen könnten, die einfach zu gut für ihn wären. Dad sagt, Shaquille O`Neill wär zu jung, und

Coleman würde ihn in der Luft zerreißen. Aber es gibt zu viele. Sie haben ja auch noch Charles Barkley, Larry Johnson und Karl Malone. Dad sucht sich immer einen Spieler aus, von dem man nie ahnen würde, daß er ausgerechnet auf den käme. Nur weil er sie in der Werbung sieht!

Es tut meinem Vater gut, wenn er mit anderen Dingen beschäftigt ist. Auch wenn er fix und fertig ist, kann er noch über Basketball lachen oder bei Boxkämpfen und beim Wrestling zuschauen. Ich fordere ihn zu einem Spiel in meinem Zimmer heraus. Ich bringe ihn zum Lachen, weil ich behaupte: »Du kannst mich nicht schlagen!« Dann sagt er: »Werd du erst mal älter, dann kannst du gegen mich vielleicht auch mal einen Punkt machen.«

CAUTION
ROAD HAZARD
AHEAD

Die Medien übertreiben immer

In den Nachrichten tun sie immer so, als gingen sie dich was an. Sie wühlen im letzten Dreck, wenn sie glauben, daß du ihnen was verheimlichst, oder sie versuchen was rauszufinden, und meinen, wenn sie dich nicht richtig unter Druck setzen, tun sie nicht ihren Job. Also glauben sie, sie müssen alle deine Probleme ausgraben und so. Wenn du mal was tust, so wie Michael Jordan, dann machen sie daraus ein großes Trara. Er war in einem Spielkasino und hat ein bißchen gespielt und seinen Spaß gehabt, weil er von den Entscheidungsspielen so geschafft war. Er wollte einfach mal eine Pause. Er geht also ins Kasino. Das haben sie dann gleich unheimlich aufgebauscht. »Dieser Michael Jordan ist ein Spieler. Er verspielt sein ganzes Geld. Er hat diese und jene Summe verspielt und blieb bis drei Uhr früh am Spieltisch, obwohl er am nächsten Tag ein Spiel hatte.« Sollen sie ihn doch in Ruhe lassen. Wenn er das tun will, soll er's tun. Was ist schon groß dabei? Er kann ja nicht mal ins Kino gehen, ohne daß ihm hundert Leute hinterherlaufen und Löcher in den Bauch fragen. Schlimm genug, daß er da, wo er wohnt, nicht mal in ein erstklassiges Restaurant gehen kann.

Als ich das ganze Zeug las, das sie über ihn schreiben, sagte ich zu mir: »Wow, als ob er vollkommen sein müßte.« Wenn er was machen will, muß er sich verstecken. Er kann es nicht einfach so tun. Er wird immer als etwas Besonderes betrachtet. Aber *nobody is perfect*. Die Medien übertreiben das maßlos. Jetzt ist er ein großes Vorbild, deshalb hat alles, was er tut, eine Auswirkung auf die Kinder oder die Meinung, die die Leute von ihm haben. Ich finde, wenn er vierundsechzig Punkte in einem Spiel macht, dann sollten die Zeitungen schreiben: »Michael Jordan war klasse. Er ist ein toller Basketballspieler . . .« Aber sie schreiben: »Michael Jordan machte vierundsechzig Punkte, aber wußten Sie auch, daß er bis spät in der Nacht im Spielkasino war?« Sie tun so, als würde er ihnen gehören. Mit seinen Eltern machen sie das gleiche. Er kann einfach nicht tun, was er will. Sie sollten sich auf seine guten Eigenschaften konzentrieren, nicht auf die schlechten. Als ob sie ihn vom Podest stoßen wollten, weil er ein Vorbild ist. Trotzdem bleibt er eins.

Schulen aus dem Katalog

Ich habe vom Kultusministerium ein Heft gekriegt, damit ich mir eine neue Schule aussuche. Unsere wurde von der Stadtverwaltung abgerissen. Ich habe mir Fotos von Schulen auf Staten Island, in Queens, Manhattan und Brooklyn angesehen. Da waren Fotos von lernenden Kindern, wie sie arbeiten und fröhlich und ruhig aussehen, sogar wie sie Ballett tanzen. Doch das Foto aus der Bronx war ätzend. Darauf waren ganze Rudel von Kids mit Ghettoblastern, die mit hochgerissenen Armen schrien und kreischten und alle wie Raufbolde aussahen. Als ob die Fotografen den Kids gesagt hätten: »Nun rottet euch mal zusammen und kreischt los.« Irgendwer hat das bestimmt so gesagt! Aber den Kids aus Queens und Manhattan hat das keiner gesagt. Mit uns war es was anderes. Es ist ja ein Heft vom Kultusministerium, die haben das getan.

Du kannst dir ja vorstellen, was in denen vorgeht,

wenn sie so denken. Für mich ist das ein Beweis dafür, daß viele Leute schon ihr Urteil über uns gefällt haben, noch bevor wir die Möglichkeit bekommen, uns zu beweisen. Da kannst du nie gewinnen, denn jetzt mußt du ihnen ja zuerst mal beweisen, daß sie sich irren. Andere Kids müssen das nicht. Warum wir? Warum kriegen wir nicht den gleichen Start wie alle anderen? Warum ist es bei uns anders? Warum hält man uns für wilder als andere Kids? Sollen denn alle Kinder darunter zu leiden haben, daß es bei uns Drogen und Gewalt und so was gibt?

Ich würde diese Fotos ändern. Sie sagen da zwar nicht wortwörtlich, daß wir ein wilder Haufen sind, aber sie zeigen es. Ein Foto zählt für tausend Worte. Das sieht sogar ein Blinder. Wahrscheinlich finden die Beamten vom Kultusministerium das noch nicht mal falsch. Die glauben das tatsächlich. Sie erwarten das einfach, sie haben dieses Foto ausgewählt, und es ist völlig egal, wer es geknipst hat.

Gils Look

Ich zieh mich gern mal so und mal so an. Mal trage ich Jeans, ein ordentliches Hemd mit Krawatte und eine Mütze. Das ist der lässige Manhattan-Look. Dann fühle ich mich picobello. Dann gibt's da noch die Variation: ein schickes Hemd mit Hosen, Turnschuhen und Haare im Natur-Look. Oder ein Hemd mit Weste und dazu bequeme Schuhe.

So ist mein Stil. Zum Teil schick, zum Teil lässig. So fühle ich mich wohl. So seh ich gut aus. Dann komm ich mir klug vor. Dann bin ich mit mir zufrieden. Ich schäme mich nicht. So kann ich überall hingehen und muß mir keine Gedanken machen, ob ich gut genug angezogen bin. Wenn ich kein Jackett anhabe, trage ich eine Weste. So kann ich mich überall sehen lassen. So müssen sie mich akzeptieren.

Das ist mein persönlicher Look. Den hab ich mir ausgesucht. So laufen nicht viele rum, außer sie gehen zur Kirche. Ich zieh mich nicht besonders auffallend an. So kann jeder gut aussehen, nicht nur ich.

Geld ist nicht alles

Kids, die nichts haben, sehen sich die Reicheren genau an und meinen, damit sie überhaupt was wert sind, müssen sie gut aussehen. Das sehen sie im Fernsehen, bei den Popstars und bei den Sportidolen. Kids aus reichen und armen Familien sind sich in so was dabei ganz ähnlich. Da gibt es keinen Unterschied, nur den, daß die reichen Kids alles kriegen, was sie wollen. Darum klauen bei uns so viele. Sie finden Klauen okay, weil ihnen niemand sagt, daß das beschissen ist.

So auf das Äußerliche zu achten ist schon okay. Jedenfalls so lange, bis man was haben will, was man nicht kriegen kann, von dem man aber meint, daß man es unbedingt braucht. Manche glauben, daß es sie umbringt, wenn sie nicht eine ganz bestimmte Turnschuhmarke tragen oder eine Designerjeans. Dann trauen sie sich nicht mehr auf die Straße. Besonders in den Ferien oder am ersten Schultag ist das so. Da mußt du neue Turnschuhe anhaben und neue Klamotten. Unbedingt. Das ist oberste Pflicht. Ich weiß nicht, wer sich das ausgedacht hat oder woher das kommt, aber so ist es nun mal! Manche Kids stehen unter einem Wahnsinnsdruck, weil sie Sachen wollen, die sie sich nicht leisten können.

Unser Ghetto in den Medien

In den Nachrichten sieht man, wie ganze Stadtteile abbrennen oder in Müllbergen versinken. Das liegt an diesen Reportern wie dem, der herkam, um Fotos zu machen. Er wollte, daß ich durch die Gegend gehe und auf den Müll zeige. Damit die Leute seine Fotos anschauen und »Wow!« sagen. Er wollte, daß ich in einer Straße, wo ich nie im Leben langgehen würde, meinen Basketball dribbeln sollte. Der fand das gut. Warum soll es gut für die Leute sein, wenn sie den Müll auf dem Boden und in der Landschaft sehen, den ganzen Dreck und die Autowracks im Hintergrund? Warum zeigt dieser Reporter nicht, was gut ist? Wenn ich hier wohne, warum soll ich in eine wildfremde Straße gehen und da Fotos machen? Da hab ich doch überhaupt nichts verloren.

Die Zeitungsleute denken, daß die Leute bei uns alle Mitglieder von Gangs sind, daß sie nicht mit Geld umgehen können, daß ihre Häuser verwahrlost sind, daß sie mit Drogen zugedröhnt sind und lauter so schlimmes Zeug. Sie zeigen Menschen, die überhaupt nichts mehr haben, die nichts in den Griff kriegen und hinter allem herhinken. Wenn sie mal was Gutes zeigen, dann muß es gleich super sein. Denn wenn sie Leute zeigen, die einfach glücklich und zufrieden sind, sagen sie gleichzeitig: »Das ist nicht typisch

für die, das könnt ihr vergessen.« Oder die Leser befürchten, es will sie jemand beeindrucken oder etwas beweisen, was nicht stimmt.

So wie der Reporter, der mich fragte, was ich mit Geld anfinge – ob ich mir dafür ein Paar Turnschuhe kaufen würde? Ich dachte: Turnschuhe? Was soll der Scheiß? Das ist ja so was von blöd. Die haben schon ein fix und fertiges Bild im Kopf, bevor sie ihre Geschichte schreiben. Ich hab wirklich an was Wichtigeres zu denken als an Turnschuhe.

Die Zeitungsleute glauben, wir hier wären alle gleich. Sie packen uns in eine Schublade, und da können wir nicht mehr raus. Wir werden nie aus der Scheiße rauskommen, weil die Presse will, daß wir drin steckenbleiben. Sie wollen keine Einwände oder Zweifel hören. Das ist gemein: Sie denken, alle machen alles falsch, nur weil einige das tun.

Wenn ein Nachrichtenteam hierher kommt, wo ich wohne, dann nur, um uns noch weiter schlechtzumachen. Damit sie den Leuten sagen können: »Schaut euch mal an, was hier alles schiefläuft.«

Da fällt der Groschen

Ich hab eine Münzsammlung angefangen. Ich habe ausländische Münzen aus dem Iran, Rußland und der Dominikanischen Republik. Sammeln macht Spaß, und man hat von allem ein bißchen. Das ist überhaupt nicht langweilig, weil man dabei eine Menge lernen kann. Man kann sich sogar Bücher besorgen, um noch mehr darüber zu erfahren. Jetzt hab ich ein neues Gesprächsthema für meine Freunde und andere Leute. Jetzt hab ich mehr zu erzählen als nur das Übliche. Das ist so, als ob ich jetzt mein neues Hobby mit anderen teile. Dann möchten vielleicht die anderen ihre Hobbys auch mit mir teilen.

Spike Lee zeigt das Leben, wie es ist

In dem Film *New Jack City* gab es massenhaft Straßenbanden und Action, und schließlich wurde ein Typ umgebracht. Das war alles. Drogen, Action, Schwarze und Puertoricaner und Elendsviertel – das war's dann. Nicht nur so là là Drogen, nein, die ganz harte Dröhnung. Natürlich haben sie das im Studio gedreht. Sie haben es nicht in unserem Viertel gefilmt. Viele von diesen Filmen sehen uns nicht als Individuen. Es hat ja nicht jeder von uns mit Drogen zu tun, aber die kennen eben nur die Gangs und die kiffenden Kids.

Ich mag Spike Lee, weil er nur ein paar Probleme aufgreift und außerdem auch noch Leute zeigt, die sich zu Hause amüsieren. Der zeigt nicht nur das große Drogengeschäft. Der zeigt auch den Kleinkram zu Hause. Wie in *Crooklyn*, da gibt es eine Szene, in der Kinder oben fernsehen und die Mama fragt unten: »Ist der Fernseher an?«, und die drei Kinder gucken weiter und brüllen: »Nein.« Sowas ist echt komisch. Das ist echt, weil das Leben auch dann, wenn es hart ist, sich nicht nur um Drogen dreht. Im richtigen Leben gibt es nun mal mehr als die Dauerthemen aus den Filmen wie Drogen, Sex und Mord. *Crooklyn* zeigt das wahre Leben, er zeigt Dinge, die in jeder Familie passieren.

Spike übertreibt nicht und läßt nicht jemanden einfach sagen: »Ich hab da so ein Problem oder ich bin sauer, deshalb muß ich jetzt Crack rauchen.« Spike zeigt Leute, die sich um andere kümmern. Er kennt sich da aus, denn er hat in Brooklyn gelebt, und deshalb zeigt er es, wie es wirklich ist. Als ob er sich die anderen Filme angeguckt und gesagt hat: »Ich werd das jetzt mal richtig machen.« Deshalb bringen seine Filme Geld. Die müssen wir uns einfach anschauen, weil sie die Wirklichkeit zeigen. Nicht nur die aus unserem Viertel, sondern auch die aus anderen. Er zeigt, daß auch die Menschen in den Elendsvierteln sich nicht völlig egal sind. Aber wenn die Leute aus unserer Gegend ins Kino gehen, dann sehen sie meistens nur negative Sachen über sich.

Ich hab keine Ahnung, warum die Filmleute immer diese miesen Filme machen, aber ich verurteile sie nicht, denn ich will auch nicht verurteilt werden.

Lied für einen schlechten Tag

Ich bin so traurig.

Werde ich irgendwann mal meinen Platz finden?

Ich bin so traurig, so traurig, so traurig.

Ich möchte so gern mit jemandem reden.

Ich bin so allein. Ich wünsche mir wen her.

Könnte ich doch fliegen!

Irgendwann hab ich dann mal einen echten Freund,
Der versteht, was ich durchmachen muß.

Mit dem ich reden kann, denn
ich bin so traurig, so traurig.

Ein bißchen über alles und jedes

Ich möchte wissen, wie der Ozean ist, wie der Weltraum, alles. Dann könnte ich alles ausprobieren, denn ich weiß nicht, wie das nächste Leben wird. Ich weiß nicht mal, ob es ein anderes Leben geben wird, wo ich auch die Dinge tun kann, die ich hier mache. Ich möchte das jetzt genießen, weil ich es vielleicht später mal nicht mehr kann. Du mußt die Chancen ergreifen, wenn sie sich bieten.

Viele Menschen bleiben immer an der gleichen Sache kleben, weil sie sich nur bei dem sicher fühlen, was sie kennen. Wenn sie sich unsicher fühlen, geht es ihnen schlecht. Deshalb verschließen sich die Menschen. Sie haben Angst, oder sie suchen Streit.

Wenn du was Neues kennenlernen möchtest, mußt du dich öffnen und lernen wollen.

Ich sammle Wissen über die Zukunft. Ich weiß nicht, ob ich es brauchen werde, aber ich mache das trotzdem, weil es besser für mich ist. Jedesmal wenn ich was Neues lerne, geht es mir besser. Dann bin ich mit mir zufrieden, weil ich es kapiert habe und mich daran erinnern kann. Sonst würde ich mich langweilen. Ich wünschte nur, ich hätte mehr Möglichkeiten. Anderen Kids geht das auch so, aber sie haben überhaupt keine. Dann können sie nichts anderes machen, als rumzuhängen und Drogen zu nehmen. Dann will man Drogen auch ausprobieren, weil die die Welt angeblich verändern. Die Kids denken, sie probieren es nur ein einziges Mal, aber es bleibt nie bei dem einen Mal.

Ägypten

Im Metropolitan Museum of Art haben sie diese vielen Gegenstände aus Ägypten gezeigt. Die sind uralt. Sie waren für mich ein absolutes Rätsel. Ich sah den Tempel von Dendur. Ich habe gehört, daß seine Erbauer sehr klug waren. Sie konnten damals schon so riesige Steine aufeinandersetzen. Dafür mußten sie schwer arbeiten. Wir haben für so was Maschinen, und ohne die wüßten wir gar nicht, wie wir solche schweren Sachen fortbewegen könnten, aber die damals wußten es. Sie haben einen Weg gefunden, wie sie diese Wahnsinnssteine ohne Maschinen fortbewegen konnten. Wenn wir unsere Maschinen nicht hätten, müßten wir von den Menschen aus der Zeit von damals lernen.

Sie hatten Bilder, sie schrieben auf Steine und erzählten Geschichten. Sie glaubten an viele Götter. Vielleicht wußten sie Dinge, die wir nicht wissen. Sie haben ihr Alphabet an die Wände geschrieben und von Geistern und Göttern berichtet. Vielleicht hat das alles gestimmt. Sieh dir doch bloß die Pyramiden an. Wir haben nicht die geringste Ahnung, wie sie das hingekriegt haben. Vielleicht half ihnen eine höhere Macht. Es gibt Leute, die behaupten, die Menschen damals waren so unglaublich klug, daß sie Schiffe bauten und damit zu anderen Planeten reisten. Das ist ein absolutes Rätsel. Aber gerade das macht es so aufregend.

Rap-Musik

Ich mag DJ-Bänder. Viele Diskjockeys stellen ihre eigenen Bänder zusammen. Sie unterbrechen die Musik durch Sprüche wie »Check it, check it, check it!« Sie mixen Songs mit anderen Rhythmen. Ich hör mir nur die DJ-Bänder an, die sich mit Themen wie Gangs, Gewalt und Drogen auseinandersetzen.

Manchmal klingen schlechte Sachen durch Rap aber gut. Wie »Walking down the street smoking indo, sipping on gin and juice«*. Dann sieht es so aus, als ob alle Rapper das machten, und damit verdienen sie auch noch viel Geld. Die Kids glauben nicht, daß sie mit Drogen Geld verdienen, aber sie sagen sich: »Der Rapper kifft, also kiff ich auch.« Sie können zwar kein Rapper werden, aber sie können genauso kiffen wie die.

Aber nicht alle Rapmusik ist so. Es gibt auch witzige Rapsongs. Ich höre gern *DJ Doo Wop and the Bounce Squad, Kid Capri* und *P-Nice. Doo Wops* Song Snagulpus ist am lustigsten. Er selbst klingt auch witzig. Wenn Leute dich also niedermachen wollen, dann reagierst du am besten mit einem Witz. Ich hab mir auch so was ausgedacht: »Ich mach, daß die Leute total durchknallen. Ich hab sogar aus dem Gesundheitsminister einen Kettenraucher gemacht.«

Ich glaube, daß die Rapper genau wissen, was sie tun, wenn sie über Drogen reden, aber es ist ihnen egal. Für mich ist es schöner, wenn ich von Musik high werde.

---

* »Auf der Straße schlendern, Gras rauchen und Gin mit Saft schlürfen«.

Hoffen auf ein Comeback

Ich muß morgen wieder zum Arzt, um zu erfahren, ob sie mein Knie operieren wollen. Was ich habe, nennt man ein »Schlatter-Knie«. Soviel ich weiß, heißt die Krankheit nach irgendeinem Typen. Fändest du das gut, wenn man eine Krankheit nach dir benennt?

Ich glaube, ich kann nicht mehr Basketball spielen, und am Mittwoch ist mein letztes Spiel. Es war wahnsinnig wichtig, weil ich in das Team aufgenommen werden wollte, und jetzt kann ich nicht mitspielen. Ich bin außer Dienst. Ich denke bei mir: »Ich will Basketball spielen«, aber dann sage ich: »Es tut weh. Das ist die Wirklichkeit. Akzeptiere die Wirklichkeit: Du wirst eine Zeitlang nicht spielen können.«

Ich wollte trotzdem zum Spiel gehen, aber das wäre ganz schön hart für mich. Wenn sie verlieren, wäre ich gern dabei, um zu helfen; und wenn sie gewinnen, ist das blöd, weil ich dann nicht daran beteiligt bin. Ich hab schon das meiste von der Saison verpaßt, wegen Krankheit und all den anderen Sachen, die passiert sind. Dann mußte auch noch dieser Kniemist passieren.

Es liegt an dir

Dauernd wird man auf die Probe gestellt. Ob wir besser sind als der andere, besser bei der Arbeit an irgendwas oder so. Wenn du was machst, und es gelingt dir nicht, dann können die Leute sagen: »Kein Wunder. Ich wußte, daß er das nicht schafft.« Aber irgendwann in deinem Leben mißlingt dir eben immer mal was. Wenn es also nicht hier und heute geschieht, dann eben irgendwann in der Zukunft. Irgendwas wird passieren, und irgend jemand erwartet, daß dir was mißlingt. So erleben Kids den Druck, den die Erwachsenen ausüben.

Ich sag dir, denk nicht drüber nach, was die Menschen denken, es liegt einzig und allein an dir. Was du von dir denkst, ist wichtig, und nicht, was andere denken. Wenn du nämlich keine Selbstachtung hast, dann hast du immer Schiß, daß dir nichts gelingt. Aber wenn du dich selbst gut abkannst und irgendwer was anderes sagt, dann ist das total egal. Du weißt es besser.

Lern begierig

Steve Cohen, ein anderer Autor, der mit meinem Agenten arbeitet, machte mich mit einem Freund bekannt: Barry. Der wollte mich zur Fossiliensuche mitnehmen. Doch vorher habe ich Barry erst mal besucht. Er wohnt in einem Museum – mehr als einem Museum. Er hat ein menschliches Gehirn in einem Weckglas, Waffen, buntes Glas, Geistermasken und viele Steine. Außerdem beschäftigt er sich mit Virtual Reality, das ist dieser Apparat mit Brille, womit du an fremde Orte versetzt wirst.

Er hat einfach alles. Im Keller gab es noch mehr Krempel. Zum Beispiel so ein Ketten-und-Seil-Ding, mit dem man Steilwandklettern übt. Er interessiert sich für wahnsinnig viele Dinge, und das finde ich gut, weil ich mich auch für vieles interessiere. Das brachte mich auf die Idee, daß ich ihm zu meinen Hobbys Fragen stellen und er mir helfen könnte. Er hat mir einen Delphinknochen geschenkt, der hundert Millionen Jahre alt ist.

Ich hatte keine Ahnung, daß man über so viel Bescheid wissen und es auch noch sammeln kann. Wie die Affenknochen, Haifischzähne, Schwerter, Bogen, Pfeile und Wurfpfeile. Er hatte auch total verrückte Sachen. Ich fand es toll, daß er alles sammelte. Ich werde das auch machen.

Wahrscheinlich wissen die Kids, daß es eine Menge Dinge gibt, die man tun könnte, aber niemand zeigt es ihnen. Kids interessieren sich für Naturwissenschaften, aber in der Schule gibt es da nur Bücher, die keiner kapiert. Wenn man etwas sehen kann, ist es was anderes.

Unterricht in den Felsen

Barry und ich sind nach New Jersey gefahren und haben nach Fossilien gesucht. Barry hat mich mit dem Auto abgeholt, und wir sind eine Stunde lang auf dem Garden State Parkway gefahren. Es hat mich nicht sehr überrascht, daß die Welt eine Stunde von unserem Haus entfernt so anders aussieht, denn ich habe ja schon gemerkt, wie anders sie nur ein paar Minuten weiter weg sein kann.

Wir fuhren zu diesen Hügeln, um nach Fossilien zu suchen. Das Klettern war nicht schwierig, denn es war nicht steil. Wir wanderten einfach den Berg hoch, wo es jede Menge Bäume und Felsen gab. An einer Stelle sind ganz viele Felsen. Wenn man Fossilien sucht, braucht man Werkzeug. Und dann mußten wir uns auch noch mit einer Salbe einreiben, damit die Mücken uns nicht piekSten.

Du mußt Felsstücke abbrechen, wenn du Dinosaurierspuren oder Insektenabdrücke finden willst. Der ganze Grund war aus Stein, es war wie ein Fußboden aus Fels. Je nachdem, wie schnell du arbeitest, dauert es so seine Zeit. Manche Leute drehen die Steine einfach um. Du haust ein paar Meißel um einen bestimmten Punkt ein, dann schlägst du mit dem Vorschlaghammer drauf. Wenn der Stein dann bricht, hebst du die Teile auf und siehst sie dir an. Das ist ziemlich anstrengend. Wir haben viele Steine auseinandergebrochen, aber wir haben lange Zeit nichts gefunden. Ich habe mindestens dreihundert Pfund Steine abgespalten, bis ich endlich ein Fossil fand.

Wir fanden Spuren von vor Abermillionen Jahren. Die Käfer und Dinsosaurier gingen durch den Matsch, und der lagerte sich Schicht um Schicht ab. Wenn also der Dinosaurier in den Matsch trat, trocknete der später, und es blieb ein Abdruck. Ich habe mir gesagt: »Das ist echt Millionen von Jahren alt, und ich halte es in meiner Hand!« Ich mußte daran denken, daß damals noch keine Menschen lebten und daß ich jetzt hier stand und den Abdruck in der Hand hielt. Der Abdruck war so groß wie ein Buch, und ich nahm ihn mit nach Hause. Ich weiß nicht, welche Art Dinosaurier das war, aber er hatte drei lange Krallen.

Es war spannend, aber einmal hab ich mit dem Hammer danebengehauen und mir den Finger verletzt. Es tat echt weh, aber als ich es Barry gezeigt habe, hat der bloß gesagt: »Das passiert mir auch immer.« Ich fand es toll, was Neues zu machen. Das mit der Verletzung war auch okay, weil ich jetzt sagen konnte, daß ich meinen Fingernagel bei der Fossiliensuche verloren hatte. Jetzt hab ich was zu erzählen. Ich finde, ich habe was richtig Tolles gemacht.

Fahrstuhl surfen

Als ich noch kleiner war, habe ich immer mit meinen Freunden im Aufzug gespielt. Natürlich war das nicht meine Idee. So was fällt mir nicht ein. Jetzt, wo ich mich für Basketball und Schreiben interessiere, finde ich das kindisch. Jetzt begreife ich auch, was uns alles hätte passieren können, aber damals hab ich das eben gemacht, weil es mal was anderes war oder weil es Spaß machte.

Wir fuhren mit dem Aufzug immer bis zum siebten Stock. In der Kabine drückte man auf den Knopf, und dann ging die Tür auf, auch zwischen den Stockwerken. Dann konnte man ein Seil um die Tür binden und die Tür wieder zumachen. Wenn der Aufzug dann anfuhr, zog man am Seil, und dann ging die Tür im Treppenhaus wieder auf. Jetzt konnte man richtig sehen, wie der Aufzug fuhr. Wir rutschten am Kabel runter und fuhren auf dem Dach der Kabine wieder nach oben. Da gab es so ein tolles summendes Geräusch. Dann wurde man von dem Gewicht überholt, das hochgeht, wenn der Aufzug runterfährt. Wir saßen auf den Stäben und ließen uns vom Gewicht hochtragen. Man mußte rechtzeitig vom Aufzug auf das Gewicht springen, sonst wurde man zerquetscht.

Einmal sprang mein Freund los, aber sein Hemd blieb hängen, und er hing noch da, als der Aufzug schon hochkam. Glücklicherweise hatte jemand im zweiten Stock auf den Knopf gedrückt, deshalb hatten ich und ein anderer Kumpel genug Zeit, ihn wieder hochzuziehen. Wir hatten ziemlich Schiß, aber wir haben es trotzdem wieder gemacht. Als wäre es völlig egal, daß wir uns da hätten verletzen können.

Wir rutschten auch manchmal hinten an Bussen runter und hielten uns irgendwo fest. Dann mußten die Autos hinter dem Bus schwer aufpassen, denn man konnte den Halt verlieren und auf die Straße stürzen. Manchmal fuhren wir auch in der U-Bahn zwischen den Waggons. Ich seh heute die kleinen Kinder, die das machen, und finde sie ziemlich dumm. Aber ich weiß, warum sie das tun. Ich dachte damals immer, wenn jemand mich herausfordert und behauptet, daß ich mich das nicht trauen würde, dann muß ich das unbedingt tun. Oder ich dachte, wenn alle das machen, dann muß ich mitmachen. Jetzt ist mir klar, daß ich nur das tun sollte, was ich auch wirklich tun will. Völlig egal, ob die anderen das gut finden. Ich muß nicht das tun, was sie wollen. Ich muß mich heute nicht mehr anpassen.

Strafe muß sein

Draußen auf der Straße werde ich von meinen Freunden gehänselt. »Jetzt müßte dein Papa dich doch eigentlich reinrufen, oder? Bis zum Sommer besorgt er sich bestimmt noch ein Megaphon, wetten?« Ihre Eltern passen nicht so auf sie auf, wie Dad es bei mir tut. Er achtet darauf, daß ich keinen Mist baue. Weißt du, es ist wie in den Nachrichten, wenn sie sagen: »Es ist 22 Uhr. Wissen Sie, wo Ihre Kinder jetzt sind?« Immer wenn mein Dad das sieht, sagt er: »Aber ja doch, jeder weiß, wo mein Sohn ist.« Er weiß, daß mich die anderen Kids deswegen aufziehen. Vielleicht ist er ein bißchen überängstlich, weil er denkt, daß ich schlechten Einflüssen ausgesetzt bin, auch wenn ich ihm immer sage, das stimmt nicht. Aber wenn er mich fragt: »Warum mußt du so spät noch draußen sein?«, fällt mir kein Grund ein.

Mit dem Beeinflussen hat er auch recht. Ich hatte mit einem Kumpel Werkunterricht, und da gab es eine Treppe, von der keiner was wußte. Das war merkwürdig, denn da waren Spinde bei der Treppe. Mein Kumpel hatte einen Hammer und ging die Treppe runter. Ich ging nach oben, um zu sehen, ob jemand kam, und als ich zurückkehrte, hatte mein Kumpel die Schlösser mit dem Hammer aufgebrochen und sagte: »Mensch, das war aber einfach!« Dann wollte er noch eins knacken, aber dann kam ein Lehrer vorbei und hat uns erwischt.

Ich war nur die Treppe runtergegangen, um zu sehen, was los war. Mein Kumpel hatte den Hammer, aber den hatte er von mir gekriegt. Er hatte gesagt, er wollte die Schlösser knacken, also hab ich ihm den Hammer gegeben. Das war Risiko. Ich hatte nicht gedacht, daß wir Ärger kriegen würden. Ich hatte ihm gar nicht zugetraut, daß er das tun würde. Es war irgendwie spannend, aber nur, bis er es wirklich getan hat.

Wir haben beide Ärger gekriegt, aber ich habe meinem Dad nichts davon erzählt. Ich habe gehofft, er würde das nicht rauskriegen. Ein paar Tage später saß ich morgens beim Frühstück mit meinem Walkman auf den Ohren, deshalb konnte ich das Klingeln vom Telefon nicht hören. Es war meine Schule, und Dad war rangegangen. Er kam stinksauer in die Küche und sagte, ich müßte bestraft werden. Mir blieb nichts anderes übrig, als in meinem Zimmer zu hocken, bis er mir dann sagte, ich hätte das ganze Wochenende Hausarrest.

Ich weiß, daß er recht hatte, auch wenn ich die Bestrafung blöd fand. Aber ich hab was gelernt: Mach keinen Scheiß. Denk erst mal drüber nach, denn wenn du nicht drüber nachdenkst, könntest du dich auf ziemlich dummes Zeug einlassen. Deshalb paßt Dad immer noch auf mich auf.

Gut für manche, aber nicht für mich

Jetzt gehe ich auf die Smith-Schule. Da lernt man auch Tischler, Ingenieur und Technischer Zeichner. Es ist eine prima Schule, wenn man so was oder was Ähnliches werden will, weil du nach der Ausbildung einen Arbeitsplatz angeboten kriegst. Wenn du also einen dieser Berufe ergreifen willst, ist es eine gute Schule, aber nicht für mich. Ich will Kaufmann werden und kein Mechaniker oder Installateur. Das sind bestimmt gute Jobs, aber ich will nicht mit den Händen arbeiten. Ich will mit meinem Verstand arbeiten.

In einer anderen Schule ist das sicherlich anders, und das wäre interessanter für mich. Wegen dieser Werkstunden freue ich mich nicht auf die Schule, denn ich habe keinen Bock darauf. Ich möchte lieber was anderes machen, denn Werken ist nicht meine starke Seite. Meine Begabung – und da hab ich ein paar Sachen anzubieten – ist Schauspielern, Schreiben und einfach Reden. Das möchte ich. Ein Fach, in dem man seine Gedanken und Vorstellungen ausdrückt und alles. Wo man über bestimmte Themen nachdenken soll. So eine Schule bietet dir etwas für deinen Verstand.

Ich bin an die Smith-Schule gekommen, weil ich von ihr nicht viel wußte. Ich wußte auch nicht genau, was ich eigentlich wollte. Jetzt weiß ich, wo meine Fähigkeiten liegen, und nun suche ich was, was dazu paßt. Meine neue Schule muß auch ein Basketball-Team haben. Ich weiß, daß es die perfekte Schule nicht gibt, deshalb muß sie auch nicht berühmt sein für Basketball, ich wäre schon zufrieden, wenn es überhaupt ein Team gibt. Dann würde mir Schule echt Spaß machen.

Angst vor der Wahrheit

Dad und ich sind wegen meinem Knie zum Jacoby-Krankenhaus gegangen. Wir mußten warten und kriegten langsam Angst, denn um uns rum gab es jede Menge Knieverletzungen. Als wir in das Wartezimmer kamen, hatten alle entweder einen Zeh oder ein Bein gebrochen, trugen Gipsverbände, saßen im Rollstuhl oder hatten Beinschienen angeschnallt. Dad hat dauernd gestichelt: »Ja, hier bist du richtig, Gil!« Dann habe ich das Geräusch von einem Bohrer und einer Säge gehört. Ich dachte, sie bohren vielleicht in irgendein Bein, aber Dad hat gesagt, daß sie so die Gipsverbände abmachen. Ich dachte schon, ich würde bald genauso übel aussehen wie die anderen Leute hier.

Während wir da warteten, sollte Dad in eine andere Abteilung gehen und einer Dame helfen, die nur Spanisch sprach. Er hat für sie das Gespräch mit dem Arzt übersetzt. Also wußten wir bald alles über diese Dame und die großen Schmerzen, die sie schon so viele Jahre erleiden muß. Sie hat seit zehn Jahren Magenschmerzen, aber sie ist erst jetzt zum Arzt gegangen. Wir konnten ihr helfen, das war gut.

Dann sind wir zum Arzt reingerufen worden. Dad und ich mußten uns Rücken an Rücken stellen. Dad hat geflüstert: »Jetzt sagt der Doktor gleich was ganz Schlaues.« Dann hat der gesagt: »Aha. Wenn Gil mal so groß wird wie Sie, dann ist er sein Problem los.« Er hat mir erklärt, daß ich am Wachsen bin und meine Hüften, Ober- und Unterschenkel verschieden schnell wachsen. Wenn ich so groß bin wie mein Vater, wird alles gleich groß sein.

Ich war selig, denn nun kann ich weiter Basketball

spielen. Nur muß ich jetzt vor dem Spielen immer Dehnübungen machen. Das ist anstrengend, und jedesmal, wenn ich meine Zehen berühre, tut es weh. Ich habe schon lange keine Dehnübungen mehr gemacht. Jetzt mach ich sie immer, bevor ich nach draußen gehe.

Grandma Valdez

Zu meiner Großmutter mütterlicherseits hatte ich eine sehr enge Beziehung. Ich war bei ihr, als sie starb. Ich hatte mich mit meinen Eltern wegen meinem Fahrrad gestritten. Ich hatte es kaputtgemacht und niemandem was davon gesagt. Irgendwann sagte Dad dann mal: »Komm, wir wollen radfahren«, und ich sagte, ich hätte einen Platten. Das machte ich ein paar Tage lang, und er antwortete mir immer, ich sollte den Reifen flicken. Ich hatte aber die Felge verbeult, und schließlich hat er es sich angeschaut. Er hat mich angebrüllt, weil ich ihn belogen hatte.

Ich weiß, daß ich Mist gebaut hatte. Aber Mom hat sich hinter mich gestellt. Grandma rief mir zu, ich sollte ins Bett gehen, damit sich der Sturm wieder legte. Sie hat ihre Suppe aufgegessen, dann sind wir in das Zimmer gegangen, in dem wir beide wohnten. Sie hat sich die Zähne geputzt und ist reingekommen. Dann hat sie gebetet und sich neben mich aufs Bett gelegt, um mich zu trösten. Dann hat sie sich aufgesetzt, und plötzlich hat sie sich auf den Bauch gelegt, was sie sonst nie tat. Ich hab sie angesehen, und da ist weißer Schaum aus ihrem Mund gekommen. Ich wußte, daß sie gestorben war. Sie hatte mir immer zugehört, Ratschläge gegeben und mich beschützt. Jetzt war sie nicht mehr da.

Ein Tag miteinander

Dies ist der erste Vatertag, den Dad und ich allein verbringen. Ich weiß noch nicht, was wir machen werden. Ich bring den Tag einfach hinter mich. Ich bin einfach mit Dad zusammen, und wir machen was. Wir gehen raus. Aber nicht ins Kino, denn im Kino kannst du nicht reden, du mußt hinsehen und kannst nicht über was anderes nachdenken. Irgendwas kriegen wir schon gebacken. Vielleicht spielen wir Basketball, oder wir hängen bei einem Freund rum. Wir müssen aber aus dem Haus raus – es ist viel spannender, was Neues auszuprobieren. Zu Hause weiß man immer schon, was man machen wird. Es ist auch viel leichter, wenn nicht so viele Erinnerungen um einen herum sind.

Von traurigen Erinnerungen wegziehen

Dad und ich wollen gern wegziehen, irgendwas Neues ausprobieren. Ich will weit wegziehen, aber Dad will in der Nähe bleiben. Vielleicht ziehen wir nach Castle Hill, dann ist Dad in der Nähe von seiner Mutter. Er macht sich Sorgen wegen ihr. Wenn wir bei ihr in der Nähe wohnen, könnte sie immer noch für uns kochen.

Ich finde, wir brauchen jetzt was Neues nach all dem, was in dieser Wohnung geschehen ist. Das wäre mal eine neue Umgebung, die würde uns auf andere Gedanken bringen. Wir nehmen die guten Gedanken mit und lassen die schlechten hier.

Geheimnisse

Dad hat vor mir keine Geheimnisse, weil er mich dafür zu lieb hat. Er hat vor mir deshalb keine Geheimnisse, weil er nicht möchte, daß ich vor ihm welche habe. Er sagt mir alles und will, daß ich es auch so mache. Auch wenn es was Schlechtes ist, soll ich ihm die Wahrheit sagen, damit ich das nicht noch länger mit mir rumschleppen muß. Durch die Wahrheit kommen manche Sachen schneller zu einem Ende, auch die schlechten, denn schließlich kommt ja doch immer alles raus. Deshalb sieht man der Wahrheit besser ins Auge. Aber obwohl ich weiß, daß Dad recht hat, mache ich es nicht immer so.

Un-Sozial arbeiter

Ich muß bei meinem Vater unterkriechen. Ich meine nicht unter seine Decke, sondern bei seiner Versicherung. Ich laufe unter dem Namen von meiner Mutter, nicht unter Dads Namen, denn sie waren nicht verheiratet. Deshalb muß ich mich jetzt bei ihm eintragen lassen, sonst bin ich ohne Versicherungsschutz. Das ist schwierig, weil es lange dauert, denn die Sozialarbeiter haben keine Zeit, um uns die Formulare und den ganzen Kram zu schicken. Der Sozialarbeiter muß sich um zu viele Menschen kümmern, deshalb dauert das Monate. Wenn es so lange dauert, muß der Sozialarbeiter doch mordsmäßig beschäftigt sein.

Ich hab den Sozialarbeiter einmal getroffen, und da war er in Ordnung, aber an viel kann ich mich nicht mehr erinnern. Mom hat mir von ihm erzählt. Sie sagte, er würde immer endlos lange brauchen, bis er etwas erledigt. Außerdem hat er sie angebrüllt. Er hat etwas über ihre persönlichen Verhältnisse gesagt, darüber, wie sie und mein Vater zusammenlebten. Sie weinte, weil er an ihr rummeckerte. Mittlerweile weiß ich, was sie mit »endlos lange« gemeint hat, denn jetzt bin ich am Warten.

Fromme Magie

Nachdem meine Großmutter gestorben war, hab ich ihren Schatten gesehen. Sie konnte zu Besuch kommen, weil sie sich mit frommer Magie auskannte. Sie ging ganz oft zum

»Botanica«, das ist ein Laden, wo man Kerzen, Statuen und lauter solchen Kram kaufen kann. Sie glaubte, daß diese Dinge was bewirken. Aus tausend verschiedenen Gründen zündete sie zu Hause immer Kerzen an, aber nur zu guten Zwekken. Wenn jemand gestorben war, zündete sie für den eine Kerze an, oder es war eine Opferkerze für die Heiligenstatue. Wenn jemand krank war, dann räucherte sie das Haus aus, um die bösen Geister zu vertreiben. Sie tat alle Zutaten in eine Pfanne, zündete sie an, und alles fing an zu kokeln, und Rauch stieg auf. Dann nahm sie den Topf und wanderte damit durch das Haus, um es auszuräuchern.

Manchmal sah ich damals die gleichen Sachen, die sie sah. Ich sah meine Urgroßmutter, der ich nie begegnet bin. Ich dachte an nichts Böses, und da sah ich einen Geist auf mich zukommen und sich wieder auflösen. Ich sah Wesen umherwandeln wie Geister. Aber nur meine Großmutter und ich konnten das sehen. Dann machte sie den Rauch, damit die Geister wieder verschwanden. Sie benutzte ihre magischen Kräfte nur, um die Familie zu schützen.

Nachdem sie dann gestorben war, hörte ich, wie sie in ihren Hausschuhen umherlief, und sah ihren Schatten an der Wand. Ich sagte ihr, daß ich diese Phantome nicht länger sehen wollte, weil sie mir angst machten. Dann nahm sie sie mit sich fort, und seither habe ich die Geister nie wieder gesehen.

Verant wortung

Meine schwierigste Aufgabe war die Betreuung meiner Mutter. Dad hatte mir gesagt, daß ich mich um sie kümmern sollte, weil sie krank war. Ich dachte, ich könnte das, vor allem, weil ich es wollte. Ich wollte ihr helfen. Manchmal wurde es mir fast zuviel, weil sie so schrecklich krank war, aber ich wollte ihr helfen, und deshalb versuchte ich es immer wieder.

Wenn du die Verantwortung für etwas übernimmst, dann vertrauen dir die anderen und denken, du kannst das. Wenn es dir zuviel wird, dann solltest du ihnen das besser sagen, statt einfach aufzugeben und dich aus dem Staub zu machen. Verantwortung übernehmen tut gut, denn damit ist viel Vertrauen verbunden. Weil sie dir vertrauen, übertragen sie dir ja erst die Aufgabe. Ich versuche, mich verantwortungsbewußt zu verhalten, und wenn dann jemand sagt, mach das, dann probiere ich, ob ich das tun kann.

Ich bin verantwortlich dafür, daß mein Vater sich nicht zu viele Sorgen machen muß. Also verhalte ich mich dementsprechend. Aber immer geht das auch nicht, und dann wird er wütend. Ich weiß, daß er recht hat, und dann hör ich ihm auch zu, selbst wenn ich eigentlich keine Lust dazu habe. Manchmal übertreibt er etwas, aber nur, wenn ich den gleichen Mist wieder und wieder mache.

Jetzt trage ich für mich selbst die Verantwortung – ich muß das tun, was am besten für mich ist. Wie zur Schule gehen: das ist gut für mich. Ich muß meine Meinung über die Schule ändern, und ich muß mir eine neue Schule suchen, damit ich das lernen kann, was ich will. Außerdem will ich ein besserer Basketballspieler werden, das ist noch eine Aufgabe.

Für alles gibt es ein erstes Mal

Das Mädchen, das über uns wohnt, lud mich zu ihrer Schulabschlußfeier ein. Ich hab mein dunkelblaues Jakkett getragen und einen Rollkragenpullover, eine Hose und Lederschuhe, außerdem ein paar Goldkettchen. Sie trug ein weißes Kleid und Schuhe mit hohen Absätzen. Sie ist nur ein bißchen kleiner als ich. Sie hat hübsches, kurzes braunes Haar. Sie sieht gut aus.

Irgendwer fuhr uns nach White Plains ins Hafenrestaurant. Gleich hinter dem Eingang war eine Bar, aber die ist nur für die Älteren. Weiter hinten gab es einen Saal mit Stühlen und einen Diskjockey. Der Saal war hübsch dekoriert, und alles war vom Feinsten.

Es gab massenhaft Mädchen, und ich hab viel geflirtet. Meiner Begleiterin machte das offenbar nichts aus, denn wenn die anderen Mädchen sie fragten, ob wir miteinander gehen würden, sagte sie nein. Sie wollte auch nicht oft tanzen – wegen der hohen Absätze. Als mich dann die anderen Mädchen aufforderten, sagte sie, ich sollte ruhig tanzen gehen.

Ich kannte nicht alle, aber es war so, als ob alle mich gut leiden konnten. Sie spielten Oldies und neue Musik, spanische und lateinamerikanische, Salsa und Rap. Ich tanzte auch mit vielen Mädchen Blues. Von den Jungen dort konnten nicht viele verschiedene Tanzschritte, aber ich hatte mir selbst welche beigebracht. Ich war dauernd am Tanzen. Einmal tanzte ich mit fünf Mädchen gleichzeitig. Wir tanzten Reggae, und sie tanzten im Kreis um mich rum. Alle drängelten sich an mich ran – schubsten mich mit den Hüften und kickten mich an die Beine, bis ich total eingeklemmt war. Sie tanzten nach allen Richtungen um mich rum und schrien: »Jetzt haben wir ihn!« Ich kam nicht mal dazu, mir vom Buffet was zu essen zu holen. Hinterher hatte ich Kopfschmerzen vom vielen Tanzen!

Da war ein Mädchen, sie hieß Veronica*. Sie ist sehr groß, hat schwarze Haare und ein hübsches Lächeln. Mit ihr konnte ich gut reden, also bat ich sie um ihre Telefonnummer. Ich weiß noch nicht, wohin wir gehen werden, aber ich will mit ihr ausgehen.

Dads Job

Manchmal denke ich über Dinge nach, ohne daß ich jemandem was davon verrate. Auch wenn ich Ärger kriege, warte ich einfach, bis ich erwischt werde. Ich weiß, daß das dumm ist, weil ich nervös werde und so. Ich habe Schiß vor dem, was passieren wird, denn früher oder später kommt es ja doch raus. Ich warte einfach drauf, daß ich erwischt werde, und davor ist mir ziemlich mulmig. Am besten macht man erst mal überhaupt keinen Mist. Aber wenn man es doch tut, sollte man es jemandem erzählen. Ich weiß, daß es so am besten ist, trotzdem mach ich das nicht immer.

Über manche Sachen möchte ich mit Dad einfach nicht reden. Zum Beispiel über Mädchen. Ich hab ihm von Veronica erzählt. Er sagte: »Die kannst du vergessen. Die gab es ja bis gestern noch gar nicht in deinem Leben.« Er

*Der Name wurde geändert, damit sie sich nicht geniert.

will nicht, daß Mädchen mir Zeit stehlen. Er findet, ich sollte mich auf andere Sachen konzentrieren, zum Beispiel auf die Schule. Er befürchtet, daß Mädchen einen schlechten Einfluß auf mich ausüben könnten. Er macht sich Sorgen, weil Kids in meinem Alter schon Sex haben, Kinder kriegen oder Abtreibungen haben. Ich weiß, daß man so jung besser noch keinen Sex haben sollte, weil man dann nicht mehr richtig lernt und seine Ausbildung abbricht oder so. Aber ich würde mich doch nie von einem Mädchen, mit dem ich gehe, von dem abhalten lassen, was ich tun will. Da bin ich nicht Dads Meinung, denn ich will mit einem Mädchen gehen.

Dad sagt, es gibt wichtigere Dinge in meinem Leben wie z. B. Schule, Basketball, Schreiben und Naturforscherei, aber heute hat er gesagt, ich sollte Veronica mal mitbringen, damit er sie kennenlernen kann. Obwohl er zuerst gesagt hat, ich dürfte frühestens mit neunzehn eine Freundin haben. Er sagt: »Ich will dir nicht den Spaß verderben. Ich will nur, daß du dich nicht ablenken läßt.« Er will, daß ich erfolgreich bin, aber er weiß, es gibt auch was anderes in meinem Leben.

Lernen – wozu?

Die Kids glauben nicht immer, daß ihnen das, was sie in der Schule lernen, mal nützen wird. Das, was sie in den ersten acht Schuljahren lernen, können sie brauchen: Addieren, Subtrahieren und Multiplizieren. Doch das, was sie vom neunten bis zum zwölften Schuljahr lernen, finden sie überflüssig, weil es sich um Geometrie und Algebra dreht. Sie meinen, das würden sie nie mehr im Leben brauchen. Sie langweilen sich und sagen, für ihren Job müssen sie das auch nicht wissen, deshalb wäre es Zeitverschwendung. Wenn sie auch jetzt noch nicht wüßten, was für einen Job sie später mal kriegen werden, aber eins wäre klar: Bei keinem Job müßte man sich in Geometrie auskennen. Außer bei Wissenschaftlern können sie sich keine Verwendung für solches Wissen vorstellen. Es sähe so aus, als würden die Lehrer nur ausprobieren wollen, ob man überhaupt was lernen kann.

Das gilt auch für Naturwissenschaften. Die Kids meinen, das brauchst du nur, wenn du Glühbirnen herstellen oder Erfindungen machen willst. Für sie gehört das zwar zur Technik, aber es hat mit ihrer Wirklichkeit nichts zu tun. Warum sollen sie das also pauken? Das betrifft auch Englisch, wo wir dauernd Texte lesen müssen. Wenn das, was du liest, sowieso nicht stimmt – wie zum Beispiel die Story von einem Kind, das sich im Wald verirrt –, warum sollst du dann was darüber lesen? Es ist ja gar nicht passiert! Wenn du was lernen kannst, was mit der Wirklichkeit zu tun hat, dann interessierst du dich auch mehr dafür. Kids interessieren sich für ganz bestimmte Sachen. Sie wollen was über Dinge erfahren, die für sie wichtig sind. Das erscheint ihnen vernünftiger als irgendwelche ausgedachten Geschichten oder Märchen.

Die Kids finden Geschichte blöd. Was früher mal war, ist vorbei, und was morgen sein wird, weiß keiner. Sie sorgen sich wegen der Zukunft. Sie wollen wissen, was passieren WIRD, und nicht, was schon passiert IST. Sie sagen, dieses oder jenes Ereignis betrifft andere Menschen, aber nicht mich. »Das ist anderen passiert, also warum sollen wir uns deshalb den Kopf zerbrechen? Na gut, die hatten diese Kriege und so, aber das ist doch längst vorbei. Das hat mit uns jetzt nichts zu tun, laßt uns lieber über die Zukunft nachdenken.«

Ich bin mir ganz sicher, daß manche Fächer mit mir nichts zu tun haben, wie z. B. Algebra. Aber wahrscheinlich nützt einem dieses Wissen später doch mal, denn wenn du älter bist, siehst du das vielleicht mit anderen Augen, du kannst heute noch nicht genau wissen, was du dann mal brauchen wirst. Deshalb finde ich es richtig, wenn ich jetzt alles lerne, was angeboten wird, aber es wäre besser, wenn man den Kids erklären könnte, wofür das alles gut ist.

Der Test

Irgendwann in der neunten oder zehnten Klasse müssen wir den sogenannten RCT-Test machen, und zwar so oft, bis wir ihn bestehen. Den Text muß man machen, bevor man seinen Schulabschluß nach der High-School kriegt. Ich fand ihn leicht. Es war Mathe, und die Aufgaben waren nicht schwer. Ich habe vorher mit meiner Lehrerin darüber gesprochen. Sie hatte uns zur Vorbereitung einen Übungstest gegeben. Der war aber echt einfach, deshalb fragte ich sie: »Wird der richtige ähnlich wie der hier sein?« Sie hat das bestätigt. Ich dachte, das hab ich doch schon in der Siebten gekonnt. Doch dann hat mir meine Lehrerin erzählt, daß das Kultusministerium nächstes Jahr den Test ändern wird, dann ist er nicht mehr so leicht.

Die ersten zwei Seiten waren so was von kinderleicht. Addition, Division und Subtraktion war Pipifax. Danach gab es Aufgaben wie 3y = x. Du mußt dann auch noch was in Englisch machen und was lesen, aber den Teil hatte ich schon bestanden.

Der Test ist eine Kontrolle, um zu überprüfen, ob du wirklich von der Siebten in die Achte versetzt wurdest oder ob sie dich einfach haben durchrutschen lassen. Da wird nachgewiesen, ob du arbeiten kannst und ob du bereit bist für den nächsten Schritt. Auf diese Weise schmeißen sie dich nicht hinaus in die Welt, wenn du noch gar nicht bereit dafür bist. Dann wäre ja die ganze Schule umsonst gewesen.

Schule soll dir helfen und keine Minderwertigkeitsgefühle machen. Wenn du noch nicht soweit bist, dann weißt du, daß du noch was tun mußt. Wenn du aber bereit bist, dann ist der Test eine gute Bestätigung. Trotzdem kommt es dir so vor, als ob sie nur rauskriegen wollen, was du gelernt hast. Als ob es für die Schule wäre und nicht für dich.

Mathe, aus einem anderen Blickwinkel betrachtet

Mathe kann Spaß machen, aber wenn man es zu extrem betreibt, wird es langweilig. Es ist wie ein Gebäude, das du mit Ziegelsteinen baust. Du mußt das eine wissen, damit du den nächsten Stein draufsetzen kannst. Wenn du den ersten Stein vermasselt hast, dann hast du keine Ahnung, was da drauf muß. Du mußt ein Thema nach dem anderen abhaken. Erst wenn du das eine geschafft hast, kannst du zum nächsten übergehen. Und nur wenn du die ersten zwei begriffen hast, kannst du den dritten Stein draufsetzen. Wenn dir irgendwas im Aufbau fehlt, kracht alles zusammen und begräbt dich unter sich. Jetzt, wo ich mir das selber so klar gemacht habe, glaube ich, daß das für alles Lernen gilt.

Wahnsinnig spannende Story

In diesem Jahr war Englisch mein Lieblingsfach, weil wir Geschichten lesen. Zuerst lesen wir die Geschichte, und dann beantworten wir Fragen dazu. Die Fragen beziehen sich darauf, was die einzelnen Figuren getan oder gesagt haben. Das macht Spaß, und wenn man vorher weiß, daß man Fragen dazu beantworten muß, liest man so eine Geschichte viel aufmerksamer. Wir haben viele Geschichten gelesen.

Am besten kann ich mich an eine erinnern, die hieß »Das gefährlichste aller Spiele«. Sie war spannend, man konnte gar nicht anders als weiterlesen. Da landet ein Typ auf einer Insel. Er war bewußtlos, und als er wieder zu sich kommt, läuft er im Dunkeln rum. Wenn du den Anfang liest und an den Titel denkst, dann wunderst du dich, warum die Geschichte so heißt. Dann liest du weiter, und du sagst dir: »Mensch, stimmt ja, klar mußte der Titel so heißen.« Der Typ fürchtet sich vor den anderen Leuten, die er auf der Insel gesehen hat. Er will aber etwas über sie erfahren, denn er braucht ihre Hilfe, weil sein Boot zerschmettert wurde. Er weiß also nicht, was er tun soll. Dann geht die Geschichte weiter, und nach ein paar Seiten kriegst du mit, daß der Typ gejagt wird. Es ist unheimlich spannend, wie er versucht zu überleben, was er alles macht, und dann wird er fast gefangen, und genau wenn du denkst, jetzt haben sie ihn, da liest du auf den nächsten drei Seiten, wie er ausgerissen ist und daß sie wieder hinter ihm her sind.

Ich hab mich gefühlt, als wäre ich dabei, und wußte nicht, was als nächstes passieren würde. Der Autor hat eine tolle Schreibe und erzählt alle Einzelheiten. Zum Beispiel schreibt er, wie der Typ durch die Wälder rennt und schließlich so müde ist, daß er nicht mehr weiterkann. Aber er darf nicht laut atmen, weil seine Verfolger ihn sonst hören könnten. Ich fand das unheimlich schwierig und überlegte, daß ich an seiner Stelle dasselbe getan hätte. Ich finde die Gespräche nach dem Lesen gut. Dann erlebst du die spannenden Stellen alle noch mal.

Veronica

Ich bin zu meiner alten Schule gegangen, um Veronica zu sehen, das Mädchen, das ich bei der Abschlußfeier kennengelernt habe. Ich sagte den Wachleuten, ich wäre gekommen, um meine alten Lehrer zu besuchen, aber in Wirklichkeit wollte ich Veronica treffen. Ich hab nach ihr Ausschau gehalten, aber ich hab sie erst gesehen, als ich schon wieder gehen wollte. Sie war beim Essen, doch ich konnte nicht mit ihr reden und gar nichts, weil ich nicht in die Cafeteria reindurfte. Also hab ich sie nur sehen können. Ich wollte sie anrufen, aber sie darf nicht mit Jungen telefonieren. Ich kann mich nicht mit ihr treffen, weil ihre Eltern sehr streng sind. Sie erlauben überhaupt keine Jungen. Ich weiß nicht, was ich tun soll. Ich muß mir was ausdenken.

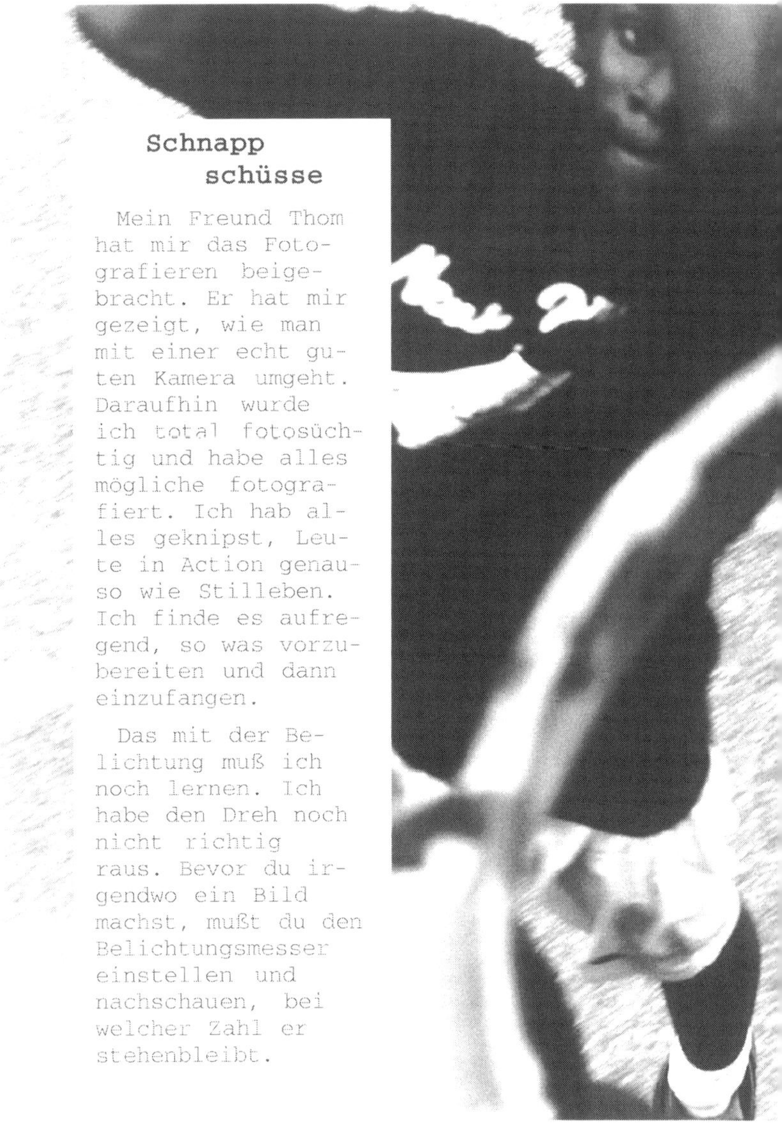

Schnapp schüsse

Mein Freund Thom hat mir das Fotografieren beigebracht. Er hat mir gezeigt, wie man mit einer echt guten Kamera umgeht. Daraufhin wurde ich total fotosüchtig und habe alles mögliche fotografiert. Ich hab alles geknipst, Leute in Action genauso wie Stilleben. Ich finde es aufregend, so was vorzubereiten und dann einzufangen.

Das mit der Belichtung muß ich noch lernen. Ich habe den Dreh noch nicht richtig raus. Bevor du irgendwo ein Bild machst, mußt du den Belichtungsmesser einstellen und nachschauen, bei welcher Zahl er stehenbleibt.

Du mußt deine Kamera auf die gleiche Zahl einstellen. Wenn du dann draufdrückst, wird das Bild besser, weil das Licht alles besser rausbringt.

Basketball-Fotos zu machen ist echt aufregend, besonders Action-Szenen. Außerdem liebe ich diesen Sport, also tu ich dann so, als ob ich die Fotos im Auftrag einer Sportzeitung mache. Es ist ganz anders, wenn man einen Ort fotografiert, denn da geht es nicht darum, die Action einzufangen. Wenn du knipst, wie der Ball eben gerade die Fingerspitzen von dem Spieler verlassen hat und er die Hand noch vor das Gesicht hält – das ist, als hättest du einen Augenblick eingefroren. Aber wenn du einen Ort fotografierst, muß er selbst eine gewisse Spannung haben. Wenn mir ein Platz gefällt, werde ich ihn fotografieren, weil er mir und auch anderen Leuten was bedeutet.

Fotografieren ist ganz neu für mich, und ich bin noch am Lernen. Ich muß es erst noch weiter ausprobieren, bis ich weiß, ob ich das auch weiterhin machen will.

Es läuft nicht so, wie ich will

Ich will mich mit Veronica treffen, aber auf einmal findet mich das Mädchen, das mich neulich zu der Feier mitgenommen hat, auch richtig gut. Sie wohnt über uns, und zuerst sah es so aus, als würde sie mich nicht besonders mögen. Jetzt benimmt sie sich, als ob sie in mich verliebt ist. Dad und ich sind deshalb dauernd am Streiten, weil er nicht will, daß ich schon eine Freundin habe. Aber dieses Mädchen ist hartnäckig. Ich weiß, wenn ich mit ihr gehen wollte, würde sie bestimmt sofort ja sagen, weil sie mich die ganze Zeit anruft. Das Blode ist nur, dieses Mädchen ist die einzige, durch die ich etwas über Veronica erfahren kann. Sie ruft jeden Tag an und möchte am liebsten stundenlang quatschen. Bei ihr braucht man nur einmal anzurufen.

Also mach ich ein bißchen mit ihr rum, um was über Veronica zu erfahren. Ich hab sie gefragt: »Hat irgendwer von der Feier sich nach mir erkundigt?« Sie antwortete, klar, die und die und die. Da fragte ich sie nach einem anderen Mädchen, das schrecklich häßlich ist. Das Mädchen aus unserem Haus weiß, daß ich nie mit der gehen würde, und sie sagt: »Ja« und erzählt mir, was die da gesagt hat. Dann bin ich der Reihe nach ihre ganzen Freundinnen durchgegangen, bis ich zu Veronica kam. Ich sagte ihr dann, daß ich auf zwei Mädchen stehen würde: auf sie und auf Veronica. Sie sagte: »Oh.«

Dann hat sie mir erzählt, daß alle sie jeden Tag fragen, ob ich ihr Freund bin, und sie damit aufziehen. Da hab ich gesagt: »Wenn sie dir so auf den Pelz rücken, sag einfach ja.« Am nächsten Tag hat sie das allen in der Schule erzählt. Aber ich will nicht, daß Veronica erfährt, daß es da noch eine gibt. Ich weiß, ich hab dieses Mädchen damit irgendwie ermutigt. Ich mag sie wie einen Kumpel, aber gehen möchte ich mit Veronica. Jetzt erzählt die andere überall rum, daß ich ihr Freund wäre. Es läuft überhaupt nicht so, wie ich es gern hätte.

Wenn man Freunde verliert

Noch nie ist ein Freund von mir gestorben, aber ich hab schon viele Freunde verloren, weil sie anfingen, sich für Sachen zu interessieren, die ich nicht gut fand. Oder sie interessieren sich nicht für meine Hobbys, weil wir nicht auf einer Wellenlänge sind. Sie sind hinter aufregenderen Sachen her. Sie kritisieren an mir, daß ich ein langweiliges Leben führe, daß ich immer pünktlich zu Hause sein muß, daß ich keine Drogen nehme, nicht zu Partys darf und keinen Sex habe.

Wir haben nichts mehr gemeinsam. Ich will nicht das tun, was sie tun, und umgekehrt. Sie finden mein Leben nicht aufregend genug, und ich finde ihre Aufregungen überflüssig, nämlich wenn sie Drogen nehmen oder Sex haben oder sich rumtreiben. Ich will Spaß haben und nicht mit den falschen Leuten rumhängen.

Ich hab Freunde verloren, weil ich merkte, daß die mich wohin führten, wo ich gar nicht hinwollte. Wenn du dich rumtreibst, passiert immer was Schlimmes. Auch wenn du nicht bei ihren Sachen mitmachen willst, wirst du nur durch das ständige Zusammensein mit ihnen irgendwann doch irgendeinen Scheiß bauen. Da kommt dann eins zum anderen, und es wird immer gefährlicher.

Ich vermisse sie bei den Dingen, die wir früher zusammen gemacht haben, wie Ballspielen und Herumflachsen. Aber da waren wir auch noch Kinder. Jetzt versuche ich, da rauszukommen, aber sie machen ewig das gleiche. Ich will weiterkommen, aber ich bin allein.

Die richtige Entscheidung zur richtigen Zeit

Ich glaube, Kids haben Angst vor Sex, weil sie eben noch Kids sind. Sie haben Angst vorm Sterben und vor der Ansteckung. Deshalb benutzen sie ein Kondom. Aber wenn sie mal keins dabeihaben und es passiert gerade hier und jetzt mit ihrer Freundin, dann schützen sie sich nicht.

Wenn es ein Kondom im Nebenzimmer oder sonstwo in der Nähe gibt, dann werden sie es sich wahrscheinlich holen, weil es da ist. Es hängt also davon ab, wo sie Sex haben. Wenn sie zu Hause sind und die Eltern sind nicht da, ist es ziemlich wahrscheinlich, daß sie ein Kondom benutzen. Aber wenn sie Sex während einer Fete haben, auf dem Dach oder irgendwo draußen, dann haben sie vielleicht keins dabei. Ich denke, wenn sie eins dabeihaben, werden sie es auch benutzen, wenn nicht, dann nicht.

Ich weiß darüber Bescheid, weil die Kids um mich herum massenhaft Babys kriegen oder Abtreibungen haben. Wenn das passiert, weiß ich ja, daß sie kein Kondom genommen haben. Sie denken, sie würden ihre Freundin oder ihren Freund gut kennen: sie sind immer zusammen, sie gehen miteinander. Sie glauben, sie würden mitkriegen, wenn die was mit einem anfingen, der krank ist. Sie haben

Vertrauen zueinander. Aber so genau kann das keiner wissen.

Außerdem wissen nicht alle Kids, wie man ein Kondom richtig benutzt. Ich weiß Bescheid, weil Dad mir gezeigt hat, wie man alles richtig macht, auch wenn er nicht will, daß ich schon eine Freundin habe. Aber die meisten Eltern, die ich kenne, bringen ihren Kindern das nicht bei. Sie wollen nicht, daß sich ihre Kinder schon so jung mit Sex abgeben. Die Eltern sagen: »Du hast einfach noch keinen Sex, Punktum. Ich bring es dir nicht bei, weil das jetzt noch gar nicht angesagt ist. Werde erst mal älter, dann kannst du auch Sex haben.« Sie denken, sie müßten ihren Kindern auch nichts in der Richtung beibringen, weil sie ja keinen Sex haben. Sie sagen zu den Mädchen: »Halt dich zurück. Laß dich nicht von den Jungen anfassen oder dir was einreden oder so.« Sie sagen den Jungen, wenn sie einem Mädchen ein Kind machen, ruinieren sie ihr Leben.

Man kann den Kids Sex verbieten. Ich finde das in Ordnung. Aber die Entscheidung, ob Sex oder nicht, ist letzten Endes den Kids überlassen. Außerdem gibt es eine Menge anderer Einflüsse. Ich glaube, Mädchen machen sich mehr Gedanken über Sex, aber Jungen machen es öfter.

Reden kostet nichts

Ich glaube, Sex ist erst dran, wenn man kein Teenie mehr ist. Erst dann. Von der ersten bis zur zwölften Klasse bist du noch nicht reif dafür. Es gibt so was wie fünf verschiedene Abschnitte im Leben: Kindheit, Teenager, junger

Erwachsener, Erwachsener und älterer Mensch. Ich finde, bevor man Sex hat, sollte man zuerst mal wissen, was man mit seinem Leben anfangen will. Man sollte wenigstens schon was gemacht haben. Jawohl: Es ist besser, man hat schon irgendwas erreicht, bevor man Sex hat, denn es besteht immer die Möglichkeit, daß man ein Kind kriegt.

Wenn du schon was darstellst und du bist über zwanzig, dann kannst du einschätzen, was für dich und deine Partnerin und wen es sonst noch betrifft, gut ist. Wenigstens solltest du eine eigene Wohnung haben und einen Job. Du solltest es nicht in der Wohnung von wem anders tun. Du solltest schon unabhängig sein und das Leben ein bißchen kennen. Sex ist angesagt, wenn du älter bist, zwanzig oder so. Es ist eine Erwachsenenangelegenheit, deshalb solltest du auch erwachsen sein.

Ich weiß, daß sich das nicht immer so machen läßt, weil die Kids keine Lust haben, so lange zu warten. Ganz schön bekloppt, wenn man das wirklich glauben würde. Wenn du heutzutage mit sechzehn noch Jungfrau bist, dann fragen sie dich, ob du noch normal bist. Die meisten Kids, die ich kenne, fangen mit dreizehn mit Sex an, weil du dann ein Teenager wirst und weil sie denken, sie wissen schon alles. Die Kids sagen: »Ich bin ein Teenie. Ich bin cool. Ich weiß, was ich tue.« Sie üben gegenseitig solch einen Druck aufeinander aus, daß alle unbedingt Sex haben wollen.

In diesem Alter sind Mädchen leicht zu beeinflussen. Wenn ein Junge sich mit Mädchen rumtreibt, ihnen Schmuck schenkt und so und ihre Mütter ihnen erlauben, abends wegzugehen, dann denken sie, das ist okay, weil sie sich schon ganz erwachsen fühlen. Das Mädchen bildet sich ein, daß es total verliebt ist, für alle Ewigkeit. Sie merkt gar nicht, daß sie eigentlich noch ein Kind ist, vor allem, wenn ihr Freund sie drängelt, daß sie mit ihm gehen soll. Dann fällt ihr der Entschluß, mit ihm zu pennen, leichter, denn sie will, daß die Leute sie für erwachsen halten.

Jungen sagen sich: »He, toll, ich hab Sex, ich bin ein Mann!« Die meisten denken, daß jemand, der noch Jungfrau ist, kein Mann sein kann. Wenn zwei Leute miteinander gehen, meinen alle, daß sie es miteinander machen müssen. Wenn du mit jemandem gehst, ohne Sex zu haben, halten sie dich für einen Volltrottel. Sie müssen sich und ihren Freunden beweisen, daß sie die Größten sind.

Skandale

Wenn jemand berühmt ist, ein Sportidol oder ein Popstar, und in Schwierigkeiten gerät, dann reagieren die Kids ganz unterschiedlich darauf. Wenn sie den Star nicht leiden können, sagen sie: »Na bitte, hab ich doch gleich gesagt!« Sie behaupten, daß sie schon immer gewußt hätten, daß der Macken hat oder daß er was vor der Welt versteckt hat. Der Punkt ist nur, daß niemand vollkommen ist. Aber wenn die Kids das erkennen, ist es auf einmal was Schreckliches.

Doch wenn es jemand Beliebtes ist, lästern sie auch, weil andersherum diese Leute ja auch nie was für die Kids getan haben.

Manchmal ist das enttäuschend. Wie bei Michael Jackson, da hat es weh getan, diese ganzen schlimmen Sachen über ihn zu hören, denn er hat wirklich was Gutes für Kids getan, diese Wohltätigkeitsdinger, wo er hungernden Kindern half. Alle haben ihn als Vorbild verehrt. Und dann sagt dieser Junge auf einmal solche Sachen über ihn. Das war schlimm, denn jemand wie Michael Jackson hat diesen

Wohltätigkeitskram eigentlich nicht nötig, Essen zu verteilen und so, aber er hat es aus Freundlichkeit getan. Als sie ihn dann erwischt haben, auch wenn man gar nicht weiß, ob diese Vorwürfe stimmen, war das eine ziemliche Enttäuschung. Er war ja nicht nur ein Popstar. Er war jemand, der richtig geholfen hat.

Also fühlten die Kids sich betrogen. Und dabei wissen die meisten von denen nicht mal, ob sie selbst was taugen.

Ich hab gelernt, daß man durch harte Zeiten durchmuß. Erst ging es mir gut, und dann ging es mir lange Zeit schlecht.

Es war wie ein Alptraum, aus dem ich nicht aufwachen konnte. Es passierte alles rasend schnell. Aber ich merke, wenn man mit seinem Leben weitermacht, dann wird es wieder besser. Wenn du denkst, du hast ein schreckliches Hindernis vor dir, mußt du einfach weitermachen. Das gehört zum Leben dazu.

Nicht schießen! Das ist nur eine Kamera

Ich und Thom waren auf dem Dach von unserem Haus, weil wir dachten, man könnte von da aus gut fotografieren, was unten auf der Straße so vor sich geht. Dann kam noch ein anderer Kumpel von mir mit. Ich hatte mal ein Foto von ihm gemacht, deshalb kam er mit. Er kam die Treppe hochgerannt, weil er wissen wollte, was los war. Wir waren alle am Fotografieren. Dann kamen die Bullen. Thom und mein anderer Kumpel merkten das nicht, weil sie ihnen den Rücken zudrehten. Ich stand andersrum, deshalb sah ich sie.

Zwei Bullen schlichen auf uns zu, die Pistolen auf uns gerichtet. Die Bullen sagten: »Was macht ihr hier oben? Ihr wißt doch, daß ihr hier nicht raufdürft.« Also erklärte Thom ihnen fix, warum wir hier oben am Fotografieren waren. Die Bullen sagten, jetzt, wo sie da wären, dürften wir weiterknipsen. Also machte ich ein Foto. Die Bullen blieben eine ganze Zeit bei uns oben.

Ich weiß, warum die Bullen gekommen sind. Viele Leute gehen hoch aufs Dach, um herumzuballern oder Drogen zu nehmen. Deshalb wollen die Bullen keine Leute auf dem Dach haben, um Unfälle und solche Sachen zu vermeiden. Das stimmt, weil ich auch schon mal Schüsse auf dem Dach gehört habe. Ich bin mal durch Schüsse aufgewacht. Ich wußte erst gar nicht, woher die kamen. Am Anfang hatte ich ja ein bißchen Schiß, aber ich kann verstehen, warum die Bullen uns überprüft haben.

Als wir fertig waren, gingen wir wieder runter, aber die Bullen blieben oben. Sie konnten von da oben auf alle anderen Dächer gucken.

Mit sich zufrieden sein

Ich sollte ein besserer Mensch sein. Ich sollte mit mir zufriedener sein. Ich würde mich gern in meiner Haut wohl fühlen, mit dem, was ich bin und was ich tue. Du verstehst schon, ganz tief drinnen mit mir einverstanden sein, wissen, das, was ich mache, ist richtig. Eine echte Verbesserung wäre, wenn ich mich mehr darauf verlassen könnte, daß ich mir Grenzen setzen kann. Ich weiß, wenn ich bestimmte Dinge tue, krieg ich Ärger, aber ich tue sie trotzdem. Ich möchte mich gern rechtzeitig bremsen können.

Ich mache gute Sachen und schlechte Sachen, aber ich will in meinem Leben an einen Punkt kommen, wo ich nur noch gute Sachen mache. Wenn ich jede Chance ergreife, die sich mir bietet, und wenn ich es schaffe, mich von der Scheiße fernzuhalten, dann werde ich auch unabhängig von meinem Vater. Ich finde das gut, wenn mein Vater sagt: »Laß die Drogen. Treib dich nicht rum.« Ich finde es gut, daß er gegen diese Sachen ist. Wenn er solche Sachen gut fände, würde ich ihn vielleicht im Augenblick lieber mögen, aber später würde ich ihn hassen, weil er mich auf die schiefe Bahn geraten ließ.

Es wird mal der Zeitpunkt kommen, wenn ich alt genug bin oder mir Grenzen setzen kann, wenn ich dann wahlberechtigt bin und selber die Miete bezahlen kann. Dann sollte ich soweit sein: Aber das liegt bei mir. Ich kann dann tun und lassen, was ich will, deshalb muß ich ganz sicher sein, daß es das Richtige ist.

Professor Jordan

In meinem Lieblingstraum treffe ich die berühmtesten Basketballspieler. Ich bin in der Schule, und die Spieler bringen uns Basketball bei. An diesem Tag unterrichten in allen Unterrichtsstunden nicht die Lehrer, sondern die Spieler. Dann geben sie mir Autogramme auf meine Sammelkarten, danach sind die viel mehr wert. Ich wünschte, das würde endlich mal wirklich passieren. Ich weiß nicht, ob ich dann außer »Bring´s mir bei« noch was anderes rauskriegen würde. Sie könnten mir Wurftechniken erklären, und ich könnte dann wie sie spielen. Daß man Basketball direkt von den Spielern lernen könnte, das wär echt ein Traum.

Anmachen

Beim Basketball gehört das Anmachen dazu. Während du spielst, erzählen dir die anderen dauernd, daß sie viel besser sind als du, daß du nichts kannst, oder sie beschimpfen dich einfach. Dadurch machen sie dich fertig. Zum Beispiel wenn der Verteidigungsspieler von den anderen zu mir sagt: »Du machst null Punkte. Ich mach wahnsinnig viele Punkte. Na los, gib den Ball schon her!« Wenn dich jemand so anmacht, dann mußt du dich wehren, einmal, um es ihm zu zeigen, aber auch um´s dir selbst zu zeigen. Egal, was sie sagen, du darfst ihnen das nicht glauben.

Wenn ich mich gut fühle, ist Anmachen kein Problem. Aber wenn ich in einem Spiel die ersten fünf Würfe vermasselt habe, dann hab ich Angst, daß ich jetzt während

des ganzen Spiels so schlecht spiele. Wenn mir die ersten fünf Würfe gelingen, habe ich mehr Selbstvertrauen. Dann können sie mich anmachen, wie sie wollen. Es hängt ganz vom Start ab. Wenn es ein toller Start ist, dann werde ich auch so gut bleiben. Wenn ich einen schlechten Start habe, dann bleib ich schlecht.

So eine Anmache kann dir auch zu mehr Selbstvertrauen verhelfen, doch Dad mag es nicht, wenn ich das mache. Aber ich finde, es wirkt genauso, als hätte ich gesagt: »Du kannst hier nichts werden.« Du versuchst, sie aus dem Spiel zu bringen. Du machst sie so wütend, daß sie sich nicht mehr auf das Spiel konzentrieren, sondern auf dich. So kriegst du sie aus dem Spiel raus und dich besser rein.

Verlorene Zeit wiedergutmachen

Wegen der ganzen Angelegenheit mit Mom bin ich manchmal nicht in die Schule gegangen, nur damit ich bei ihr und Dad bleiben konnte. Als ich wieder hinging, mußte ich viel nachholen, weil ich in jedem Fach den Anschluß verpaßt hatte. Ich habe zwar kein ganzes Schuljahr verloren, aber ich habe jetzt eine Menge Arbeit. Ich muß alle Sommerkurse nehmen, die ich kriegen kann.

Das muß ich, um für die neue Schule vorbereitet zu sein. Irgendwie find ich die Vorstellung von einer neuen Schule ganz schön. Das ist aufregend, weil ich nicht weiß, wie es sein wird. Das ist wie ein spannender Krimi, und es macht auch noch Spaß. Die Leute werden sich fragen: »Wer ist das?«, und ich kann ihnen zeigen, wer ich jetzt bin. Sie lernen nur den kennen, der ich jetzt bin. Ich möchte, daß sie mich für klug und witzig halten, für jemanden, mit dem man gut auskommt. Am Anfang werde ich einfach nett sein. Ich werde neu anfangen können. Es wird schwierig werden, aber ich fühle mich jetzt fast erwachsen, und so sollen die Leute mich kennenlernen.

Konkurrenz

Durch Konkurrenz kannst du beweisen, daß du besser als andere Leute Sachen machen kannst, die du gern machst. Da kriegst du zwar Druck, aber ich finde das gut, denn wenn du unter Druck was Anständiges schaffst, dann bist du echt gut. Wenn du allerdings nicht spitzenmäßig abschneidest, dann ist das ganz schön blöd, und du mußt dich trotzdem auf den nächsten Streß vorbereiten.

Konkurrenz fängt da an, wo du meinst, du brauchst sie. Bei Hausaufgaben, Freunden oder sogar bei der Art von Klamotten, die du trägst. Du mußt das aus dem richtigen Blickwinkel betrachten. Manche Leute werden durch Konkurrenz erdrückt, aber andere bringt es dazu, das Beste aus sich herauszuholen. Ich glaube, ich spiele dadurch besser Basketball. Aber wenn du in allem und jedem konkurrieren mußt, dann verdirbst du dir den Spaß am Leben.

Veronica: der große Plan

Schließlich habe ich dem Mädchen über uns (dem von der Abschlußfeier) doch gesagt, daß ich in Veronica verknallt bin. Ich hab etwas über Veronica in ihr Jahrbuch geschrieben, weil ich mit ihr noch immer nicht direkt reden darf. Das andere Mädchen hat es mir nicht krummgenommen und sogar gesagt, sie wollte für mich mit Veronica reden.

Ich schrieb also in das Jahrbuch: »Hallo, Veronica! Tut mir leid, daß wir uns noch nicht besser kennenlernen konnten. Ich hoffe, wir schaffen das noch.« Dann hatte ich einen Supereinfall. Ich wollte sie gern zu einem Mittagessen einladen, wo ich vor Jugendlichen sprechen soll. Ich werde auch ihre Eltern einladen, weil sie doch so streng sind und Veronica nicht aus dem Haus oder mit mir telefonieren lassen. Aber wenn sie mich vor der Jugendgruppe reden hören, dann sagen sie vielleicht: »He, der Typ ist gar nicht so übel!« Ich muß eben warten.

Schlimme Gedanken

Irgendwer denkt immer an Selbstmord. Die Leute bilden sich ein, »wenn ich mich umbringe, dann hört alles auf«, aber das stimmt nicht. Als mir all diese furchtbaren Sachen passiert sind, habe ich darüber nachgedacht. Nicht, weil ich es vorhatte, sondern einfach mal als Überlegung. Dann habe ich das aus meinen Gedanken verbannt. Ich wollte nicht mehr darüber nachdenken. Du kannst nicht ständig darüber grübeln.

Das war schwierig, aber ich sagte mir: »Es ist falsch.« Ich weiß, daß Selbstmord keine Lösung ist, denn wenn ich sterben würde, würden noch mehr Menschen leiden. Zum Beispiel meine Familie und meine Freunde. Ich weiß jetzt, wie es ist, wenn du jemanden verlierst, den du liebhast.

Wahrscheinlich sind Selbstmörder total durcheinander. Sie können sich nicht verständlich machen und denken, daß sie mehr aushalten müssen als andere und daß sie ganz allein sind. Dann bringen sie sich um, weil sie denken, das würde sich nie ändern. Sie halten das für einen Ausweg. Ich seh das anders. Ich kenne auch solche Gefühle, aber Selbstmord ist kein Ausweg. Jedenfalls ist das kein Ausweg für deine Familie und deine Freunde. Und ich habe gelernt, daß sich sogar die allerschlimmsten Dinge wieder ändern.

Mutter
tag

Am Muttertag habe ich in der St.-Patrick-Kathedrale eine Kerze für meine Mutter angezündet. Sie war gerade kurz vorher gestorben, und diese wunderschöne Kirche war der richtige Ort, um an sie zu denken. Ich fand die Gemälde toll, die Statuen und die Buntglasfenster. Mir gefielen die vielen verschiedenen Einzelteile, aus denen sie zusammengesetzt waren. Die Kirche war so groß und so voller schöner Dinge, das war sehr beeindruckend. Als ich in dieser Kirche die Kerze für meine Mutter anzündete, hatte ich ein echt gutes Gefühl. Ich betete, und mir war, als ob ich mit ihr zusammen wäre, auf die einzige Art, wie wir das jetzt noch können.

Überraschungs
angriff

Dieser Typ, Alex*, und ich haben uns geprügelt. Wie es eben manchmal so kommt. Da beschloß auf einmal ein anderer Typ, Eric*, daß er mich nicht leiden kann. Keine Ahnung, warum. Er dachte sich eben, er könnte mich besiegen, das war alles. Ich hab ihm immer wieder gesagt, daß er das nicht schafft, aber dann sah er mich bei der Prügelei mit Alex und wurde prompt zum Obermacho.

Ich wußte nicht, daß Eric es auf mich abgesehen hatte. Als ich am nächsten Tag aus der Turnhalle kam, sah ich

---

*Ich habe die Namen geändert.

alle anderen dastehen und warten. Ich dachte: »Wow, ganz schön viele. Das gibt bestimmt einen Mordskampf.« Ich wollte auf jeden Fall in die erste Reihe und zugucken. Ich hatte keine Ahnung, daß ich sogar ganz nach vorne mußte, denn ich war ja der Hauptanlaß.

Also drängelte ich mich durch. Und was passiert? Ich latsche genau rein. Ich wunderte mich noch, warum die Leute mich nicht wegdrängten, um selber besser bei dem Kampf zuschauen zu können, aber nein, die lassen mich durch. Dann sehe ich, daß *ich* der eine Kämpfer bin. Jetzt konnte ich natürlich nicht kneifen. Eric stand da und behauptete, daß ich ihm seine Hausaufgaben in Sozialkunde geklaut hätte. Das war gelogen, er brauchte einfach einen Grund, um mit mir Streit anzufangen.

Wir legten unsere Mappen hin und fingen an, uns zu prügeln. Ich hab ihn total plattgemacht. Ich hab auf ihn eingedroschen, bis er unten lag. Ich hab draufgehauen, was ich konnte. Schließlich ging jemand dazwischen, und wir marschierten zurück in die Klasse. Erics Gesicht war total zugeschwollen. Ich habe mich schon ziemlich oft geprügelt, deshalb bin ich viel stärker als er.

Ich wollte mich gar nicht mit ihm prügeln, aber mir blieb nichts anderes übrig. Er hat angefangen, und es haben eine Menge Kids zugesehen. Wenn ich weggegangen wäre, hätte ich mir nur noch mehr Prügeleien eingehandelt, weil sie mich dann alle damit aufgezogen hätten. Eric hat mich herausgefordert, also mußte ich gegen ihn kämpfen. Das war ganz schön peinlich für ihn, weil er damit angefangen hat, und dann hat er verloren, und zwar ganz gewaltig. Also ich finde, wenn man nie eine Prügelei anfängt, gewinnt man immer, weil man weniger zu verlieren hat.

Prügeln als Hobby

Früher hab ich mich oft geprügelt, weil ich das gut fand. Keine Ahnung, wieso. Ich hab da nie drüber nachgedacht. Ich wollte mich prügeln, weil ich eben nichts Besseres zu tun hatte. Ich hatte keinen Plan für meine Freizeit. Ich hatte noch nie ans Basketballspielen gedacht oder an was anderes. Ich wußte nicht, was ich auf der Straße machen sollte, deshalb hab ich mich geprügelt. Prügeln wurde mein Hobby.

Ich brauchte überhaupt keinen Grund, mich mit den Leuten zu prügeln. Ich hab mir einfach einen Grund gesucht. Ich war richtig süchtig nach Kämpfen. Das brachte mich auf Touren. Die anderen Kids sollten Angst vor mir haben, und das funktionierte auch. Manchmal kam jemand auf die Straße, guckte mich an und fragte, ob ich okay wäre. Dann prügelte ich mich mit dem. Ich hab mich extra für diese Kämpfe angezogen, ein weiter Pulli, Turnschuhe, alles locker und ich zu allem bereit.

Manche Kids hatte ich mir regelrecht ausgeguckt. Ich merkte mir wen, und immer, wenn der auf der Straße auftauchte, hab ich ihn verdroschen. Wenn ich mich mal mit jemandem gestritten hatte, dann guckte ich mir den anschließend aus. Als ob ich sie nicht mehr alle hatte. Ich wußte nicht, was ich mit mir anfangen sollte oder wer ich sein wollte. Ich hab es zwar getan, aber heute weiß ich nicht mehr, warum.

Fehler passieren einfach

Ich wurde für einen Tag vom Unterricht ausgeschlossen, weil ich mit meinem Freund diese Schlösser geknackt hatte. Sie riefen bei uns an und teilten es meinen Eltern mit. Ich hielt das für keine große Sache. Aber sie hätten mich die Schlösser reparieren lassen sollen. Doch das hatten sie schon selbst erledigt. Ein Tag ist eigentlich keine richtige Strafe. Dadurch verändert sich gar nichts, und die meisten Kids mit Problemen gehen sowieso nicht gern zur Schule.

Ich habe dem Schuldirektor gesagt, daß es mir leid täte. Und es hat mir auch leid getan. Ich fand es nicht schlimm, daß sie mich erwischt hatten. Ich fand blöd, was ich gemacht hatte, dafür hatte es gar keinen Grund gegeben. Ich war irgendwie abgerutscht.

Ich bin nicht vollkommen

Niemand ist vollkommen. Ich weiß, das Sprichwort stimmt, aber man kann es ja trotzdem versuchen. Jeder macht Fehler in seinem Leben. So lernt man dazu. Wenn du keine Fehler machst, wie willst du dann lernen? Aber ein schlimmer Fehler kann dich schon böse erwischen. Du denkst dann: »Ich hab nur einen Fehler gemacht, und schon ist der Teufel los.«

Es ist besser, wenn man seine Fehler macht, solange

man jung ist. Dann werden es keine Riesenfehler, wenn man älter ist. Ich weiß, welche Fehler ich gemacht habe – Prügeleien, Zerstörung von Schuleigentum und dämliche Mutproben bestehen. Einmal, bei einer Mutprobe von einem Kumpel, habe ich eine Rauchbombe in einen Autoauspuff gesteckt. Ich wußte ja, daß die nicht explodieren würde oder so was, sie würde nur qualmen. Ich hab sie also da reingetan, aber der Autobesitzer hat mich dabei erwischt. Er hat mich geschnappt, hochgehoben, mich durchgeschüttelt und einfach so vor allen Leuten auf den Boden fallen lassen. Ich hatte gedacht, das mit der Rauchbombe würde einen Riesenlacher geben, aber der ging auf meine Kosten.

Schlechte Zeiten durchstehen

Wenn ich an meine Mutter dachte, wie sie im Krankenhaus leiden mußte, dann ging es mir sauschlecht. Ich wurde richtig depressiv, ich hatte Angst, machte mir Sorgen und konnte an nichts anderes mehr denken. Ich versuchte mich abzulenken, aber ich konnte die Gedanken daran nicht verscheuchen. Ich wußte, was mit meiner Mom geschehen würde. Deshalb war das so grauenhaft. Ich wußte, daß sie sterben würde.

Sie war lange krank gewesen, deshalb war ich irgendwie darauf vorbereitet. Wenn sie urplötzlich gestorben wäre, dann wäre es vielleicht noch schlimmer gewesen. Aber wenn jemand monatelang und monatelang krank ist, dann hast du schon Zeit, dich damit zu befassen. Du begreifst, was da läuft, und denkst daran, wie es sein wird.

Aber manchmal wirst du trotzdem depressiv, auch wenn du weißt, was passieren wird, und obwohl du dich schon lange damit beschäftigst.

Bring in the Morning

Bring in the Morning« war eine Bühnenshow über Kids, die aus einer ähnlichen Gegend kommen wie wir. Es war das erste Mal, daß ich in ein richtiges Theater gegangen bin. Es war aufregend, weil es Musik gab mit richtig gutem Beat, Tanzen, so wie ich es mag, und Songs. Ich fand die Songs gut, weil sie sich mit Sachen beschäftigten, die du jeden Tag in deinem Herzen wälzt, mit denen du dich jeden Tag beschäftigst.

Ich hab mir vorgestellt, ich wäre mit den anderen auf der Bühne. Ich wußte, ich hätte es nicht so gut wie sie hingekriegt, weil ich keine Stimme habe. Ich hätte das Schauspielern und das Tanzen übernommen, aber mehr hätte ich nicht draufgehabt. Ich glaube, ich wäre gern beim Theater. Als ich die Leute aus unserer Gegend da oben auf der Bühne sah, dachte ich, ich könnte das auch. Es war eben echt, besonders weil sie noch jung waren, auch wenn schon viele über zwanzig waren.

Ich hatte sofort einen Bezug zu den Darstellern gekriegt. Das Bühnenbild war schön, mit dem Rauch, den Bildern und Lichtern. Mir gefielen auch die Dias, die sie auf die Rückwand projizierten. Alles hat mich an die Umgebung erinnert, in der ich lebe. Es war besser als fernsehen, denn da sitzt man nur da und schaut zu. Im Theater kann man es richtig fühlen. Du bist viel dichter dran. Du kriegst die ganze Kraft mit.

Die große Frage

Ich war zu dem Essen beim Schulrat der New Yorker Schulen, Ramon Cortines, eingeladen worden. Einer der Gründe, weshalb ich das Buch hier geschrieben habe, war die Auseinandersetzung mit dem Leben als Schüler in dieser Stadt. Ich saß neben Mr. Cortines, und er wollte, daß ich ihn Ray nenne. Das ist ihm lieber, weil es weniger steif ist. Er und ich haben miteinander geredet und gelacht. Er ist ein netter Typ.

Als er aufstand, um mit den Zuhörern und den Pressevertretern zu sprechen, sollte ich ihm eine Frage stellen. Mich hatte eine Frage auch schon seit längerem beschäftigt. Ich hatte sie ihm schon vorher gestellt, damit er Zeit hatte, sich eine Antwort darauf zu überlegen. Ich wollte ihn auch nicht blamieren. Ich sagte zu ihm: »Das ist die Frage, die ich dir später stellen werde.« Er antwortete: »Danke. Wenigstens einer, der sich um mich kümmert.«

Als Ray dann aufstand, stellte ich meine Frage: »Eins der größten Probleme in der Schule ist, daß die Schüler so häufig schwänzen. Viele Kids verstehen nicht, was manche Fächer mit ihrem Leben zu tun haben. Könnte man diese Frage nicht in die Unterrichtspläne aufnehmen, damit die Fachlehrer – egal, ob in Englisch, Mathe oder Biologie – ihren Schülern erklären, wie das Wissen aus diesen Fächern ihnen später mal nützen kann, wenn sie einen Job suchen?«

Er antwortete, daß er gern meinen Vorschlag aufnehmen würde. Aber so wie er es sagte, hörte es sich an, als ob das sehr schwierig wäre. Er müßte dafür erst die richtigen Leute suchen, und er wüßte auch nicht, ob es zu dem gewünschten Erfolg führen würde.

Ich verstehe nicht, was daran so schwer sein soll. Könnte man das nicht einfach zur Aufgabe der Lehrer erklären? Dann gehört es eben zu ihrem Unterrichtsstoff. Sie müssen Erklärungen liefern können. Sie müssen ihren Stoff stufenweise vermitteln, damit die Kids es auch begreifen können. Sie müßten doch nur in ihr Lehrprogramm eine Erklärung dafür aufnehmen, wie man das Gelernte mal irgendwie brauchen kann. Für mich ist das Problem noch nicht gelöst.

Veronica: Ich schmiede noch immer am großen Plan

Ich rief Veronicas Eltern an und lud sie zu dem Essen mit dem Schulrat Cortines ein. Ihre Mom war am Apparat und sagte, sie könnten nicht kommen, weil ihr Sohn an dem Tag operiert würde. Ich konnte mich aber mit Veronicas Vater treffen. Er sagte, seine Familie würde mich auch gern kennenlernen. Außerdem wird Veronica mit ihrem Vater in unserer Gegend zu tun haben, und wir können dann zusammen mal Mittag essen. Ich könnte vorbeikommen und ihr was Leckeres mitbringen. Ihre Eltern erlauben, daß ich sie besuche. Sieht so aus, als ob mein Plan klappen könnte.

Neuer Versuch

Ich habe Angst, beim Schwimmen »Toter Mann« zu machen. Immer wenn ich es versuche und dann anfange unterzugehen, fang ich an zu strampeln. Wenn ich so sinke, denke ich, ich gehe unter und daß ich dann Wasser in die Nase kriege. Das ist ätzend. Aber ich probiere es noch mal mit einer Taucherbrille. Ich kann schwimmen, aber für »Toter Mann« bin ich zu verkrampft. Ich denke immer, ich saufe ab. Aber ich will es weiter versuchen, weil ich neugierig darauf bin, wie sich »Toter Mann« anfühlt.

Frei sein – zumindest für eine Zeitlang

Im Sommer bist du frei. Befreit von der Schule und den dicken Klamotten. Der Sommer ist zum Spaßhaben. Er ist meine liebste Jahreszeit. Ich verbringe meine Zeit dann hauptsächlich mit Basketball. Dann ist die ideale Zeit für Sport. Ich spiele im Sommer auch am besten. Den ganzen Tag lang, jeden Tag. Dann sind auch mehr Kids draußen, und es ist viel mehr los. Es ist irgendwie wie sonntags. Du brauchst dir wegen dem Aufstehen keine Gedanken zu machen. Du mußt nicht aufs Wochenende warten, bis du den ganzen Tag spielen kannst. Ich hab es mir gerade klargemacht. »Wow! Ich muß am Montag nicht früh raus! Ich kann den ganzen Tag spielen.« Plötzlich bin ich total glücklich, weil ich nicht arbeiten muß. Ich könnte schreien vor Glück.

Die Wachmänner

In meiner Schule gibt es einen Wachmann, der verkauft Cool Waters Eau de Cologne an die Kids. Jeden Tag verkauft er das oder irgendein anderes Kölnisch Wasser für vier Dollar die Flasche. Hier an der High-School sind die Kids alt genug, um das zu kaufen, was sie wollen. Da er das Zeug jeden Tag mitbringt, sollte er eigentlich ganz gut daran verdienen. Er hat diese Fläschchen immer in seinen Taschen. Die sehen genauso aus wie die aus den Geschäften.

Ich sagte zu dem Wachmann: »Zeigen Sie mir doch mal das Cool Water.« Er zeigt es mir, weil er denkt, daß ich es kaufen will. Ich tupf mir was davon auf die Haut und geb ihm die Flasche wieder zurück. Er sagt: »Das machst du immer. Benutzt mein Zeug, kaufst nichts und haust ab.« Aber er gibt es mir trotzdem immer wieder, weil er Geld will und hofft, daß ich diesmal endlich was kaufe. Die Kids sind nett zu ihm und zu den anderen Wachleuten. Ich zieh sie immer auf, weil ihre Uniform aus Polyester ist. Im Sommer schwitzen sie bestimmt furchtbar.

Die Wachleute sind alle cool. Mit allen kann man irgendwie auskommen, nur nicht mit Ice. Den finden alle uncool, weil er die Kids verpetzt, wenn sie schwänzen. Das finden die meisten Kids total beschissen, denn die anderen Wachleute lassen dich in Ruhe. Aber Ice macht eigentlich nur seinen Job. Die anderen Wachleute sollten das genauso machen. Sie beschützen die Kids, aber sie drücken auch häufig ein Auge zu.

Die anderen Wachleute bewachen den Eingang, und wenn die Kids sagen: »Laß mich mal eben kurz was einkaufen gehen, ich bin gleich wieder da«, dann lassen sie sie raus. Manchmal sagt dann der Typ mit dem Kölnisch Wasser, daß sie ihm was mitbringen sollen. Dann müssen ihm die Kids eine Limo oder ein Eis oder so mitbringen, je nachdem, was er wollte. Meiner Ansicht nach macht Ice seinen Job besser. Deshalb mögen ihn die Kids nicht.

Familienangelegenheiten

In unserer Nachbarschaft leben auch die Schwester von meinem Vater, Tante Luz, und sein Bruder, Onkel Ruben. Der älteste Sohn von Tante Luz heißt Andy. Er ist achtzehn. Früher ging er gern zu den Kadetten, wo Schüler eine militärische Grundausbildung kriegen, aber er steht auch auf Mädchen. Deshalb hatte er schon immer viel Ärger. Er ist eigentlich ganz in Ordnung, nur manchmal baut er ein bißchen Scheiß. Dauernd redet er bloß über Mädchen. Dann kriegte seine Freundin ein Kind, aber er ist abgehauen, um in Florida mit seinem Vater zu arbeiten. Wir hatten beim Labern über Mädchen und andere Dinge immer einen Mordsspaß. Manchmal haben wir auch einer über den anderen gelästert. Das fehlt mir.

Andy hat noch zwei jüngere Brüder und eine kleine Schwester, und ich mag sie alle sehr gern. Der eine, José, ist zehn, Canno ist sieben, Lisa sechzehn. Ihre Eltern sind anders als mein Dad und lassen sie schon abends weggehen. Wenn ich zu ihnen gehe, treffe ich immer haufenweise Mädchen, weil Lisas Freundinnen aus der Schule da sind. Das bringt immer viel Spaß.

Tante Luz ist ständig am Kochen, Huhn, Reis oder Schweinekoteletts. Das sind genau meine Lieblingsessen.

Ich spiele mit meinen Cousins *Sega Genesis.* Bei ihnen ist es gemütlich. Nebenan wohnten Onkel Ruben und seine Frau mit ihrer zweijährigen Tochter. Mit ihr spiele ich gern. Sie erinnert mich an meine kleine Schwester damals.

Im Park dort kann man Basketball spielen, und ich hab in weniger als einer Woche massenhaft Freunde gefunden, weil ich so gut Basketball spielen kann. Die Kids sagen: »Wähl ihn in unsere Mannschaft, mach schon, der kann gut spielen.«

Die Familie von meiner Mutter wohnt weit weg, deshalb sehe ich sie nie. Trotzdem finde ich es toll, daß ich zwei andere Familien habe, wo ich dazugehöre.

Die große Party!

An einem meiner früheren Geburtstage haben Mom und ich rumgealbert, und dann hat sie mir einen Kuchen ins Gesicht geschmissen. Sie hat ein Stück abgeschnitten und es in meinem Gesicht zerquetscht. Ich habe das gleiche dann bei ihr gemacht. Sie hat geschrien, ich sollte nicht so fest drücken.

Aber ich erinnere mich am liebsten an den Geburtstag, als sie die große Party für mich gegeben hat. Sie hat sogar für einen Diskjockey gezahlt, weil es mein erster Teenagergeburtstag war. Ich wurde dreizehn. Es war eine Superfete mit Tanzen und so. Mom tanzte immer sehr gern.

Es kamen viele Gäste, ungefähr fünfzig. Wir hatten ein Buffet und eine große Torte. Wir haben die Torte nicht an dem Tag angeschnitten, weil die Leute sie dann einfach so weggeputzt hätten, und ich hätte nichts davon abgekriegt. Wir haben sie für den nächsten Tag aufgehoben und dann noch mal allein gefeiert.

Gute Zeiten

Mom wollte sich immer gern mit mir unterhalten, oder ich sollte was mit ihr machen oder ihr einen neuen Tanzschritt beibringen. Sie sagte immer: »Zeig mir doch mal, wie ihr heutzutage tanzt.« Sie wollte immer alles über mich wissen. Dauernd erzählte sie mir, daß ich mich nie mit einem häßlichen Mädchen abgeben sollte, weil ich gut aussehe. Wenn sie gerade beim Kochen war, rief sie mich immer zu sich. »Gil, komm doch her, damit wir reden können.« Und dann redeten, redeten und redeten wir.

Und wir flachsten rum, zum Beispiel machte ich ihr mal mit einer Plüschmaus angst. Ich fragte: »Hast du das gehört?« Sie sagte: »Was?« Dann flüsterte ich: »Da ist eine Maus in der Küche. Ich geh mal und schau nach.« Dann kam ich zurück und hielt die Plüschmaus am Schwanz hoch und schüttelte sie, und Mom kreischte. Dann lachte ich, und sie rastete aus. Nicht aus Wut, sondern sie lachte, einfach so, weil sie es so lustig fand. Sie wußte, daß sie mich nie austricksen konnte, denn ich ließ mir immer was anderes einfallen.

Als ich noch kleiner war, fuhr ich mit Mom mal nach Kalifornien. Ich weiß noch, wie sie Angst vor der Achterbahn und solchen Sachen hatte, deshalb hat sie in Disneyland immer nur zugesehen. Ich wollte sie zum Mitmachen überreden, aber sie wollte nicht. Wir haben solchen Spaß gehabt, in den Filmstudios von *Universal* und auf der *Knott's Berry Farm*. Sie machte die Besichtigungen mit, aber nie die Fahrten, da hat sie immer nur zugeschaut. Ich hab davon noch Fotos und Erinnerungen an Mom.

Das Schwierigste am Erwachsensein

Das Schwierigste am Erwachsensein ist für mich, Entscheidungen zu treffen. Am meisten angst macht mir, daß man nicht weiß, ob man sich richtig entschieden hat. Die richtige Entscheidung hast du getroffen, wenn sie auf lange Sicht für dich das beste ist, eine falsche Entscheidung bringt

dir jede Menge Ärger. Wenn du dich zu gar nichts entschließen kannst, dann ist das auch nicht gut. Wenn du eine Gelegenheit am Schopf ergreifen kannst, dann tu das. Damit tust du dir echt einen Gefallen. Die Entscheidungskiste macht das ganz schön schwierig. Du mußt gut darüber nachdenken. Du mußt dir darüber klarwerden, wie sich das auf lange Sicht hin auswirken wird, nicht nur, was es für den Augenblick bedeutet, weil deine Entscheidung ja Folgen haben wird.

Warum ich?

Manchmal frage ich mich, warum mir diese oder jene Sache passiert. Nicht nur bei den schlechten Dingen, sondern auch bei den guten. Wenn mir irgendwas Gutes passiert, dann sage ich mir, da hat einer gut für mich gesorgt. Aber manchmal mach ich mir auch Sorgen. Wenn mir als Kind haufenweise gute Dinge in den Schoß fallen, dann passiert vielleicht was Schreckliches, wenn ich älter bin. Ich hab das Gefühl, wenn ich jetzt alle guten Sachen kriege, dann passiert irgendwann später was Schlimmes – wie mit Mom.

Das Allerschlimmste wäre Gelähmtsein. Du bist da, aber du kannst nicht reden, dich nicht bewegen, du bist ganz allein mit deinen Gedanken. Du kannst niemandem sagen, was du essen willst, und nichts von den gewohnten Sachen tun. Momentan kann ich Basketball und *Genesis* spielen. Ich mach das auch jeden Tag, weil ich nicht weiß, ob mir nicht mal irgendwann was Schreckliches geschieht.

Wahrscheinlich sind die schlimmen Dinge eine Art Lektion, die man kriegt. Du lernst von allem, was dir passiert. Manche von diesen Lektionen sind bitterer als andere. Ich bin davon überzeugt, daß man alles genießen soll, solange es geht.

Wenn es keine Drogen gäbe

Auch wenn es morgen keine Drogen mehr gäbe, wäre es schwierig, weil viele Leute süchtig sind. Sie würden behaupten, daß sie das Zeug brauchen, und würden total verzweifelt um Drogen betteln. Nach einiger Zeit würden sie dann sagen: »Jetzt lebe ich schon ein halbes Jahr ohne Drogen. Vielleicht brauche ich sie am Ende doch nicht. Hey, ich lebe. Jetzt brauch ich nicht mehr soviel Geld für Drogen, da könnte ich doch mal meine Rechnungen bezahlen.« Die Leute wären netter zueinander, wenn sie sich nicht schon beim Aufwachen den Kopf zerbrechen müßten, wo sie ihre Drogen herkriegen. Ohne Drogen wäre es immer noch schwierig genug, aber wenn die Leute sehen könnten, daß ein Leben ohne Drogen möglich ist, dann möchten sie es vielleicht auch wirklich leben. Drogennehmen ist wie Sklavenarbeit. Du arbeitest vierundzwanzig Stunden am Stück. Ohne Pause. Du denkst immer nur daran, wie und wann du wieder welche kriegst. Wenn es keine Drogen gäbe, würden die Leute die vierundzwanzig Stunden einfach nur leben.

Wahrheit tut weh

Wenn ich Leute von woanders her schlecht über unsere Gegend hier reden höre, tut das weh. Nicht weil sie lügen. Es tut weh, weil sie Bescheid wissen und nichts dagegen tun. Sie kennen sich bestens aus und finden alles schrecklich, aber dabei bleibt es dann auch. Sie gehen darüber hinweg, weil sie gar nichts daran ändern wollen.

Das ist ein Wahnsinnsproblem. Wegen dem Geld und den Kosten. Wenn man was verändern wollte, würde das zuviel kosten. Ist Geld denn wichtiger als ein Kinderleben?

Wenn du genau weißt, was irgendwo mies ist, dann solltest du dich informieren und helfen. Das sollte von tief drinnen kommen. Wenn sie schon an allem herumkritisieren, dann sollten sie am schrecklichsten finden, daß sich nichts ändert.

Was ich von Mom über Liebe gelernt habe

Mom hat mir beigebracht, wie es ist, wenn man jemanden liebhat. Sie konnte immer lieben, ganz egal, was passierte. Sie nahm den Menschen, die sie liebte, nie etwas übel. Einmal haben uns Verwandte von ihr bestohlen, aber sie hat denen verziehen. Sie hat sie immer noch ganz doll liebgehabt. So hat sie auch meinen Vater und mich geliebt.

Eltern mit HIV

Viele Menschen in meiner Umgebung haben dieses neue Problem. Ihre Eltern sind HIV-positiv. Bei einem Freund von mir sind beide Eltern HIV-positiv. Es macht ihm nicht so schrecklich viel aus, weil die Krankheit noch nicht ausgebrochen ist. Auf diese Weise sind die Kids erst dann richtig betroffen, wenn sie ihre Eltern leiden sehen, wie sie durch die verschiedenen Stadien der Krankheit durchmüssen.

Manche Leute mit HIV werden nicht gleich krank, und das kann auch eine ganze Weile dauern. Aber das hat auch den Nachteil, daß die Kids erst anfangen, darüber nachzudenken, wenn es soweit ist. Dann kriegen sie einen Riesenschock. Sie machen sich Sorgen, aber sie reden nicht darüber. Viele wollen nicht zugeben, daß ihre Eltern krank sind, und auch nicht darüber reden.

Ich hab darüber nachgedacht. Ich glaube, es ist eben eine Lektion. Ich habe keine Angst davor zuzugeben, daß meine Eltern krank sind, weil viele Leute in unserer Gegend es sowieso wissen. Ich verstecke mich da nicht. Der beste Rat, den ich geben kann, ist, deine Eltern so sehr zu lieben, wie du nur kannst, weil du nie weißt, wie lange du sie noch hast. Du mußt auf alles vorbereitet sein, damit du nicht sagst: »Ach, hätte ich doch dieses oder jenes getan.«

Ein Opfer weniger

Manchmal stelle ich mir vor, daß ich auch süchtig werde. Das macht mir angst, weil ich weiß, daß ich selber ständig auf mich aufpassen muß. Sobald du damit aufhörst und sagst: »Ich bin stärker als das«, bist du verwundbar. Das wäre der größte Fehler deines Lebens. Jeder kann dem zum Opfer fallen.

Ich habe Kids gesehen, von denen hätte ich nie geglaubt, daß sie zu Drogen greifen könnten. Neulich kam ich mit zwei Kumpeln vom Basketballtraining heim. Wir sahen ein paar Typen, die wir kannten. Und schon setzten sich die beiden zu den anderen hin und rauchten mit denen Joints. Meine Kumpel boten mir auch welche an, aber ich lehnte ab. Die anderen Kids sagen: »Der nicht. Er will Basketballprofi werden. Der hat bis jetzt nie mitgeraucht.« Das gab mir irgendwie ein gutes Gefühl. Die wissen, wo ich stehe. Daß ich da nicht mitmache. Da fühlten sich meine beiden Kumpel ziemlich beschissen. Einer hörte auf zu rauchen und ging weg. Aber trotzdem haben sie zuerst mitgemacht.

Jeder kann ganz leicht damit anfangen, ich auch. Viele Leute besaufen sich. Die finden das geil. Ich möchte später mal nichts davon brauchen – keine Drogen, keinen Alkohol und keine Zigaretten. Vielleicht trink ich mal ein Bier nach einem Spiel, aber schon das ist nicht ganz ohne. Es gibt haufenweise Leute, die nur bei besonderen Gelegenheiten rauchen oder trinken, aber das ist auch schon eine Art Anfang. Du mußt immer sehen, daß du die Kontrolle behältst.

Fertig

Es gibt Zeiten, da denke ich bei mir: »Wenn sie nicht endlich gegen die ganze Scheiße hier bei uns was unternehmen, wann wollen sie denn dann damit anfangen?« Wie schlimm soll es denn noch werden? Es ist jetzt schon so beschissen, daß ich es mir noch schrecklicher gar nicht vorstellen kann. Welche neue Krankheit oder wieviel mehr an Drogen werden die Menschen noch umbringen?

Die Bullen, die Regierung und das FBI sehen in den Drogenhändlern das kleinere Problem. Sie sehen die Kilos von Drogen und nicht das, was an der Straßenecke und ringsherum so geschieht. Sie suchen die Großdealer, wie die aus Kolumbien.

Also mach ich mir Sorgen. Wie schlimm muß es denn noch werden, bevor sie hier mal was ändern? Das Ganze macht mich fertig. Die Kids blicken da nicht durch. Alles ist Scheiße, aber nichts wird dagegen getan. Du hast das Gefühl, daß nie was getan werden wird.

Hoffnung auf Besserung

Wir brauchen mehr interessante Beschäftigungsmöglichkeiten für die Jugendlichen. Es gibt ja Freizeitheime, aber nicht bei uns, denn sie haben alle Angst vor unserem Stadtteil, weil sie immer von Dealern, Schießereien und solchen Sachen hören. Die machen hier keine Freizeitheime und keine Jugendclubs auf, weil sie Angst haben. Dabei

wäre das eine tolle Sache, denn die Kids hätten endlich einen Ort, wo sie abhängen können und Sport treiben.

Früher blieben die Schulen länger auf, aber damit haben sie auch aufgehört. Manche Schulen machen es noch, aber nach einiger Zeit gehen die Kids nicht mehr dahin, weil es zu weit weg von zu Hause ist. So was muß in den Schulen im Stadtteil sein. Kids haben keinen Bock, sich erst in die Bahn oder in den Bus zu setzen und ans Ende der Welt zu fahren. Das dauert zu lange, und außerdem kostet es Geld.

Es muß auch mehr an Aktivitäten angeboten werden als nur Sport. Die Kids müßten was über die Probleme mitkriegen, die viele Menschen haben; zum Beispiel Drogen, Selbstmordgedanken oder HIV-infizierte Eltern. Man könnte in so einem Programm verschiedene Projekte anbieten: zu Aids, Sex, Alkohol und so. Außerdem müßte man auch neue Sachen ausprobieren können, zum Beispiel Computer, Kunst oder anderen Kulturkram. So sähen die Kids mal neue Möglichkeiten, sie würden mal was anderes sehen als ihre gewohnte Umgebung.

Gemeinsamer Sommer

Dieses Jahr werde ich im Sommer bei meinem Vater bleiben und nicht in so eine Sommerschule gehen. Wir beide werden diesen Sommer zusammen verbringen. Wir wollen miteinander Spaß haben. Mehr wollen wir nicht. Ich glaube, ich kann trotzdem mit der zehnten Klasse anfangen, weil ich den Stoff im neunten Schuljahr nicht so schwierig fand und gut aufgeholt habe. Ich werde es ja sehen. Aber dieser Sommer gehört Dad und mir.

Veronica: auf halber Strecke zum Erfolg

Dad hat gesagt, ich hätte einen Brief von Veronica gekriegt. Darin schrieb sie, ich hätte ganz schöne Nerven, daß ich ihren Vater besucht hätte, und daß sich das noch nie ein Typ getraut hätte. Sie lud mich zu ihrem Geburtstag ein. Ich konnte nicht hingehen, aber ich habe ihr ein Geschenk gekauft.

Ich rief sie an und konnte so endlich mit ihr sprechen. Ich hab ihr von dem Geschenk erzählt, und sie war baff. Dad und ich haben zusammen ihr Geschenk besorgt. Ich hab ihr ein todschickes Kleid gekauft. Es sieht aus wie ein V, und dazu gehören Shorts. Ich würde sie gern mal darin sehen. Das wär toll. Ich bringe es ihr am Montag, denn sie jobbt in dem Viertel, wo ich wohne.

Ich hatte schon geglaubt, ich würde nie mit ihr reden können, und jetzt so was! Es war echt super. Sie erzählte mir, daß ihre Mutter schon denkt, wir würden miteinander gehen. Es sieht so aus, als ob ihre Eltern nichts mehr dagegen hätten, aber ich bin mir da noch nicht ganz sicher. Ich muß das erst austesten. Sie sagte, sie freut sich auf meinen Besuch.

Gute Eltern

Eine gute Mutter oder ein guter Vater sind in manchen Dingen streng. Es müssen bestimmte Regeln eingehalten werden. Manche Regeln können sich auch mal ändern, aber einige sollten eisern eingehalten werden. Zum Beispiel rausgehen. Da sollte es eine Abmachung geben, wie lange du draußen bleiben darfst und wann du wieder zu Hause sein sollst. Das sollte weder zu früh noch zu spät sein. Manchen Eltern ist es völlig egal, ob ihre Kinder sich draußen rumtreiben oder sogar woanders übernachten.

Das ist schlecht, denn Jugendliche müssen Verantwortung lernen. Wie können Kids denn lernen, sich nicht alles durchgehen zu lassen, wenn sie nie irgendwelche Regeln befolgen? So wie man jetzt morgens aufsteht, um in die Schule zu gehen, steht man später irgendwann auf, um arbeiten zu gehen. Gute Eltern bringen dir bei, daß wir alle irgendwelchen Regeln folgen müssen.

Das große Problem in unserem Stadtteil

Das allergrößte Problem hier bei uns sind die Dealer. Es ist ein gräßliches Bild, wenn man die Dealer mit Kids rummachen sieht. Wenn ich bei uns aus dem Haus gehe, sehe ich alle diese Dealer an der Ecke rumhängen. Sie stehen bei der Telefonzelle, bei der Pizzeria und vor den Läden. Jeder weiß, was da abgeht.

Das ist beschissen, denn du siehst, wie sie Müttern und Vätern was verkaufen, die sich besser um ihre Kinder kümmern sollten. Wenn sie den Eltern Stoff verkaufen, dann können diese Eltern sich nicht um ihre Kinder kümmern. Sie sind süchtig und brauchen ihr ganzes Geld für den Stoff. Das macht mich wütend, denn es spielt sich alles direkt vor deiner Nase ab, die ganze Gewalttätigkeit und die Prügeleien.

Ich sah mal, wie jemand angeschossen wurde. Es gab einen Streit. Ich weiß nicht, ob es ein Kunde war oder einfach irgend jemand, den der Typ kannte. Der eine sagte: »Das ist meine Straße. Wenn ich jemandem verbiete, Drogen zu verkaufen, dann werden sie dir auch nichts verkaufen.« Dann gerieten sie in einen fürchterlichen Streit. Sie waren beide große Typen, und der eine hat dem anderen ins Gesicht geschlagen. Der zog eine Knarre aus der Unterhose und sagte: »Na, was jetzt, Nigger?« Der andere sagte: »Hör auf! He, was soll das? Was machst du da?« Dann zielte der erste mit seiner Pistole auf ihn und schoß ihm in den Fuß. Da humpelte der andere über die Straße und brüllte den mit der Knarre an: »Du Arsch von einem Nigger, ich glaub's einfach nicht, daß du mir in den Fuß geschossen hast!« Dann ging er in einen Laden. Der Typ mit der Knarre

lief ihm hinterher und sagte: »Was hast du gesagt? Arsch von einem Nigger?« Dann hat der mit dem zerschossenen Fuß geschrien: »Nein, nein! Ich hab gesagt, ich glaub's einfach nicht, daß du mir in den Fuß geschossen hast!« Danach kamen die Bullen, die Schüsse hatten sie alarmiert, und der Typ mit der Knarre ist abgehauen, damit sie ihn nicht kriegten.

Die Bullen mischen sich nie bei den Deals an den Straßenecken ein, aber es gibt auch viel zu viele von diesen Plätzen. Am schlimmsten ist es in Watson. Da wird in allen Straßen gedealt. Drogen hier, Stoff da, überall Drogen. Man kann sie sogar in den Läden kaufen. Es gibt da massenhaft Bonbonläden, und unter der Theke verkaufen die alle Drogen. Sie machen einfach einen neuen Laden auf, und die Polizei kriegt das nicht spitz. Da gibt es jede Menge Süßigkeiten zu kaufen, aber die Leute gehen nicht deshalb rein. Dieser ganze Süßkram ist da nur für die Bullen aufgebaut.

Es wäre bestimmt schwierig, diesen ganzen Drogenscheiß zu beenden. Er ist einfach zu viel. Er ist überall. Zu viele Leute machen da mit.

Erleichterung

Es scheint fast, als wären alle meine Probleme gelöst. Ich hab zwar noch welche, aber das sind keine großen. Ich weiß das, weil ich mich erleichtert, ruhig und zufrieden fühle. Mir geht es gut, als ob ich alles tun könnte, was ich will. Du weißt schon, irgendwie befreit. So hab ich mich damals gefühlt, bevor das mit meiner Mutter, Großmutter und Schwester passierte.

Ich habe begriffen, daß man schwere Zeiten durchstehen muß. Eben ging es mir noch gut, und dann ging es mir lange Zeit schlecht. Es war wie ein Alptraum, aus dem ich nicht aufwachen konnte. Zack! – so schnell war das passiert. Aber ich sehe jetzt, wenn du mit deinem Leben weitermachst, dann wird es wieder besser.

Wenn du denkst, du stehst vor dem größten Hindernis, das dir jemals im Weg stand, dann mach einfach weiter. Das gehört zum Leben dazu. Du durchlebst gute und schlechte Zeiten. Es kommt nur darauf an, wie gut du die schlechten überstehst. Du mußt dir deinen eigenen Weg suchen. Es wird weh tun. Aber du lernst aus dem Schmerz. Du begreifst, was dein Leben ausmacht und was für ein Mensch du bist.

Nachwort

Seitdem ich angefangen habe, dieses Buch zu schreiben, ist eine Menge passiert. Und ich hab viel gelernt. Es gibt Gutes und Schlechtes, aber ich komm damit klar, wie ich auch bisher damit klargekommen bin. Ich will das Beste aus mir machen und die schlechtesten in die besten Sachen verwandeln und die besten in die noch besseren.

Dad hat mir oft gezeigt, wie man mit schwierigen Situationen fertig wird und die schlechten Dinge überwindet. Wie ich das tun kann, was für mich am besten ist, wie ich auf mich achtgeben soll. Ich glaube, daß seine Ratschläge mir helfen, und deshalb liebe ich ihn. Und dafür, wie er tief innen drin ist. Du mußt in einen Menschen richtig hineinschauen, um seine wahren Werte zu erkennen, weil jeder irgendwo was Wertvolles hat, das glänzen sollte. Manchmal findet man dieses Wertvolle nur sehr schwer, aber wenn du tief genug reinschaust, dann siehst du es. Man muß sich nur ein bißchen anstrengen, aber es ist bestimmt da.

Foto nachweis

Seite 2/3:
Gils Mietshaus in der South Bronx

Seite 10/11:
Gil und Carmine vor dem Metropolitan Museum of Art

Seite 14:
Gil in seinem Zimmer

Seite 16/17:
Die Skyline der South Bronx, aufgenommen von Gils Dach aus

Seite 25:
Basketballspieler vor einer Reklametafel der Mets (New Yorker Basketballclub)

Seite 30/31:
Gils Basketballplatz im Viertel

Seite 37:
Gils Großmutter Rosa mit ihren Vögeln

Seite 50/51:
Eine der vielen überdimensionalen Reklametafeln in New York

Seite 56/57:
Gils Zimmer

Seite 63:
Gils Haus spiegelt sich in einer Pfütze

Seite 67:
Noch mal Gil in seinem Zimmer

Seite 81:
Gil und sein Vater Gil Alicea

Seitc 94:
Einer seiner Schnappschüsse: Action auf dem Basketballplatz im Viertel

Seite 103:
Die Polizisten, die Gil und Thom fast erschossen hätten

Seite 106/107:
Jugendliche auf dem Sportplatz im Viertel

Seite 120/121:
Basketball - für Gil das totale Glück

Seite 126/127:
Einige Jungs aus dem Viertel

Seite 130/131:
Gil und seine Mutter 1990 in Long Beach, Kalifornien

Seite 135:
Gils Straße in der South Bronx

Seite 139:
Ein kleiner Laden im Viertel